阿里斯托芬全集

刘小枫 主编

Ἐκκλησιάζουσαι
公民大会妇女

[古希腊] 阿里斯托芬 著
黄薇薇 译

华夏出版社

北京市社会科学基金青年项目

"阿里斯托芬全集翻译与研究"（16WXC020）

结项成果

出版说明

古希腊雅典民主时期，谐剧诗人并非只有阿里斯托芬（约公元前450—前385），但唯有他的作品较为完整地传世，这绝非偶然。即便在西方文学史上，阿里斯托芬的地位也堪称独一无二：还有谁是凭写谐剧成为思想家的呢？

在柏拉图（公元前427—前347）的《会饮》中，哲人苏格拉底（约公元前469—前399）与肃剧诗人阿伽通和谐剧诗人阿里斯托芬同台竞技。阿里斯托芬对人性和人世的理解虽不及苏格拉底深刻和整全，却远超阿伽通。从诗艺上讲，阿伽通的讲辞仅具抒情诗风格，阿里斯托芬的讲辞则与苏格拉底的讲辞一样，以情节精妙的叙事为主体，又不乏抒情品质。

雅典戏剧的兴衰伴随着雅典民主政治的兴衰，

阿里斯托芬对人性和人世的理解实际上是对当时雅典民主政治的透视。迄今为止，西方大国的"自由民主"普世价值观仍把雅典民主当作首要的历史资源，可是，在雅典民主时代，民主政治的德性品质是优是劣一直存在争议。绝大多数现代西方学人无视这一文本事实，我们却不应该如此。

在希罗多德（约公元前480—前425）的《原史》中，因雅典民主而引发的政体比较议题已经明文可见（《原史》3.80-82）。据说，民主政治的优长在于，每个城邦民都有平等的参政权利——如今叫做"普选民主"。

欧里庇得斯（公元前480—前406）与希罗多德是同龄人，我们在他的《乞援女》中也可以看到同样的政体优劣论辩（2.381-597），史称肃剧作品中首次出现"宪政反思"。

论辩一开始，欧里庇得斯首先让雅典观众看到一段抨击普选民主的言辞：

[410] ……我所在的那个城邦，

由一个最优秀的人物而非靠乌合之众来统治；
那儿压根儿没这号人：比如，用恭维话让乌
　　合之众飘飘然，
为了私己的好处，把乌合之众一会儿支这边
　　一会儿支那边；
这会儿甜言蜜语，殷勤周到，
[415] 转过背就使坏，或者用新奇的诽谤
瞒过自己从前的过失，逃避审判。
再说，倘若民众连言辞端正都做不到，
怎么能够做到正确引导城邦？
与忙忙乎乎相反，悠悠自在才
[420] 给人更多的知识。整天在地里干活的
　　穷苦人
即便生得来一点儿不笨，就算丢下活儿
只怕他也不会去为政治事务动脑筋。
高明一点的人确实会认为这是病态的迹象：
一个无聊的家伙，竟然获得名声，
[425] 用舌头欺骗人民，尽管从前什么也不
　　是。（译文为笔者据希腊文译出）

我们不难看到，如今的西式普选民主同样如此：政治决断只顾眼前利益，朝三暮四，缺乏恒定性。

接下来，欧里庇得斯借传说中的雅典圣王忒修斯之口为民主政治作了长达30多行的辩护（行426–462）。据古典学家考订，欧里庇得斯笔下的忒修斯其实是现实中的伯利克勒斯（公元前495–429）的化身。在修昔底德（约公元前460–前396）笔下可以看到，伯利克勒斯在演说中宣称雅典的民主政治是"其他城邦的典范"（《伯罗奔半岛战争志》2.37.1）。由于伯罗奔半岛战争（公元前431—前404）是雅典民主政权走向衰败的标志，在修昔底德的叙事织体中，伯利克勒斯的宣称实际上成了历史的嘲讽对象。

伯罗奔半岛战争爆发那年，阿里斯托芬大约20岁，他的传世剧作中有三部以战争为背景（《阿卡奈人》《和平》《吕西丝忒娜妲》），绝非偶然。换言之，雅典民主在战争中走向衰败是阿里斯托芬剧作的现实背景。但是，阿里斯托芬并不关注如今所谓的国家强弱或国际主导权问题，而是关注民主政治的德性品质问题（《财神》《骑士》《马蜂》《鸟》《公民大会妇女》）。对观当今西式民主政治的各色怪相（比如"白左"），人们有理由说，阿里斯托芬的谐剧具有后现代意味。

尤其值得注意的是，阿里斯托芬的传世剧作中有三部以世人的品德教育问题为主题（《云》《蛙》《地母节中的女人》）。在阿里斯托芬看来，雅典民主政治的根本痼疾就在于败坏人的自然品德，而如此痼疾的根源则在于新派哲人和文人（作家）的人性启蒙。阿里斯托芬让埃斯库罗斯（公元前525—前456）在冥府中严词谴责欧里庇得斯的剧作，因为，

> 那些妇人们、也就是那些好男人的发妻们不就被你用
> 你的那些个柏勒洛丰忒斯们引诱得一个个含愧服毒自杀了么。

冥府中的欧里庇得斯辩称自己写的都是真实发生的事情，阿里斯托芬笔下的埃斯库罗斯则敲打他说：

> 我的老天，当然是真事！可是，诗人总该把这种丑事遮起来，
> 而非演出来教人。对于那些个孩子们
> 得有老师这样的人来教，而成年的人则得有诗人来教。
>
> （《蛙》，行1049 – 1055，笔者据希腊文译）

阿里斯托芬的传世剧作堪称现代西方民主政治的古典镜像，不仅切中西方民主政治的要害，而且提出了一个永恒的普世性问题：何谓有德性的哲人和诗人——有自由民主信仰不等于有自然品德。柏拉图的作品对这一问题作出了整全性的回答，尼采断定，柏拉图枕头下面放着阿里斯托芬的剧作。

为了戏仿雅典民主政治造成的世人品德败坏状况，阿里斯托芬剧作中出现了不少不堪入目的

言辞。尽管如此,与西方民主的后现代面目相比,阿里斯托芬所展示的怪相只能算小巫见大巫。另一方面,古典学家还注意到,阿里斯托芬笔下也不乏高贵的抒情段落和肃剧式吟唱,以至于可以说,阿里斯托芬并非单纯的谐剧诗人,毋宁说,他是雅典戏剧的集大成者。

为了更好地认识当今西方大国所宣称的核心价值观,我们需要有既可供一般读者赏析,又可供学院人士研读的阿里斯托芬读本。因此,我们对剧作划分结构,施加小节标题,给出简要题解,以概述场景或情节大要(用仿宋体与正文区分)。译注除解释人名、地名、典故及特别语词外,尤其注重疏通戏白对话脉络。由于原文为诗行,译文严格按音步排列,便于有需要的读者核查希腊语原文。

刘小枫

古典文明研究工作坊

2020年10月

目 录

编译说明 / 1

公民大会妇女 / 1

一 预演政变 / 5

　开 场 / 7
　进 场 / 44

二 移交政权 / 49

　第一场 / 51
　第二场 / 75

三 实施新政 / 85

第三场 / 89

四　上交私产 / 113

　　第四场 / 115

五　争夺性爱 / 136

　　第五场 / 138
　　退　场 / 170

编译说明

《公民大会妇女》堪称《财神》的姊妹篇，比《财神》更早一步对"平等主义"提出了批评。故事讲述了雅典的一位普通妇女，因不满男人执政的效果，发动所有妇女，伪装成男人，混入公民大会，投票夺取政权。

剧本并未着力凸显政变过程，而是展示新政纲领及其实施的困境。妇女成功夺权后，女主人公普拉克萨戈拉当众宣布了新政理想：取消贫穷、消灭犯罪、建立一种共同幸福的公共生活。具体政策为：一切公有，即让所有公民共同享有一切财富、妇女和子女。普拉克萨戈拉要让大家上交个人财产，把土地和金钱全都变作公共资产，按照平等原则统一分配，确保人人富裕，不再为钱辛苦劳作。同时，她也将把女人变作公共财产的一部分，所有男人皆可与任一女子免费交欢。

为了确保年老力衰或样貌丑陋之人的平等权利，年轻男人或女人在与自己心仪的对象约会前，必须无条件满足年老者和丑陋者的需求。这样，无人将有固定的性伴侣，也不存在稳定的夫妻关系，甚至不存在唯一的父子关系，因为所有年轻人都将根据年龄把所有长辈视为父亲，由此便可实现"老吾老以及人之老"的祥和社会。在这个新社会中，奴隶将承担耕种和劳作，妇女则承担编织和打理财务等公共服务，城邦将从父亲的角色转变成母亲。在母性的仁慈和关爱下，人人都将丰衣足食，不再有人犯罪和诉讼。城邦也不再拥有千家万户，而是变成一个没有隔阂的大家庭，所有人同吃同住，共度幸福时光。

就像剧中的克瑞墨斯把这称为"伟大"（第568行）的计划一样，普拉克萨戈拉的新政在现代人听来也着实令人振奋，因为消除贫穷和不公几乎是人类自古以来的共同愿望。可是，阿里斯托芬却用剧本的后半部分告诉我们：强行实施"绝对的平等主义"将会是一场丑陋无比的闹剧。

新政的结果并没有让所有人平等地上交和分配一切财产。不是所有人都心甘情愿上交私产，大部分人缺乏公共精神，既想保护个人利益，又想方设法享用公共资源，"私有观念"难以根除。新法的实施也没能让所有人共享性爱，而是强制地抹平了个人的身体差异，即新法的真正获益者成了自然意义上的弱者。剧本用了将近一半的篇幅展示"共夫"的荒谬——为抢夺年轻男性的使用权，老妇们在舞台上相互厮打，获胜者的依据却是：最老最丑者优先。这一切，让"损私为公"的美好愿景化为了一堆令人作呕的泡影。

与其说阿里斯托芬是在否定极端的平等主义，不如说他在批评雅典的民主政制。正是当时的民主权利赋予了妇女对自由、平等和革新的渴望及诉求。没有民主，就不会有移交政权的建议；没有民主，也不会有投票夺权的顺利。但是，阿里斯托芬并未僭越民主的底线，而是以此为前提，揭示隐藏其后的平等原则的恶果。

新法或许可以强制实现"劫富济贫"（这一做法后来在《财神》中改为恢复财神的视力，以超自然的神力来实现），平均财富，但此法绝不可用于性爱，因为生理上的美丑永远无法用"取长补短"的方式进行重新分配。剧本显示，自然的不平等是最终的不平等，掩盖自然差异的平等制度不过是对自然的美和好的降格而已，这样的平等不是真正的平等，而是向丑和恶的滑落。朝向丑和恶的制度必然不会追求高贵和美德，这是雅典民主制衰退的根本理由。

与阿里斯托芬的其他剧作相比，《公民大会妇女》极少得到关注。据考证，《公民大会妇女》的抄件在13世纪共有7种，但含有完整诗行的仅存3种。即使到了15世纪末，威尼斯著名的阿尔丁出版社（Aldine Press）首次印发阿里斯托芬的剧作时（1498年），最初也未收录《公民大会妇女》（这一版仅含阿里斯托芬9个剧本）。此后，《公民大会妇女》的希腊文编本在整个16世纪也无甚改动。1515年，阿里斯托芬的剧作在佛罗伦萨发行，采用的仍是阿尔丁版，只不过做了一些校订，《公民大会妇女》收入其中，但仅有文本，不含古注（scholia，古代注疏家的笺释）。十年之后，带古注的《公民大会妇女》首次在佛罗伦萨出版，以后的希腊编本基本以此为据。

《公民大会妇女》的拉丁文编本不多，比较闻名的是荷兰学者莱文（J.Van Leeuwen）于1905年出版的拉丁文编本《阿里斯托芬的〈公民大会妇女〉》（*Aristophanis* Ecclesiazusae. *Cum prolegomenis et commentariis*, Lugduni Batavorum apud A. W. Sijthoff. 1905）。莱文于1885年开始编校阿里斯托芬全集，至1905年完稿。正文部分采用拉丁语译文，笺注部分采用荷兰语，疏解部分少而精当。

1902年，英国学者罗杰斯（B. B. Rogers）出版了他的译注本《公民大会妇女》（*The Comedies of Aristophanes:* The Ecclesiazusae, London: Bell & Sons, 1902）。罗杰斯长年从事阿里斯托芬的编校和翻译工作，他的诗行译文准确、通俗、易懂。正因为此，"洛布丛书"于1924年开始用"希英对照版"推出他翻译的阿里斯托芬全集，《公民大会妇女》收录在

第三卷中（*Aristophanes III: with the English Translation of B. B. Rogers*, The Lysisitrata, the Thesmophoriazusae, the Ecclesiazusae, the Plutus, Cambridge, MA and London: Harvard University Press, 1924）。这个版本多次重印，广为流传。

1973年，牛津出版了厄谢尔（R. G. Ussher）笺注的《公民大会妇女》（*Aristophanes*：Ecclesiazusae. *Edited with Introduction and Commentary*, Oxford: Clarendon Press, 1973）。作者在序言中讨论了《公民大会妇女》的一些争议。他认为，最好不要把这个剧本与柏拉图在《理想国》中提出的"共产"问题直接勾连，因为谐剧诗人毕竟不是政治理论家，阿里斯托芬可能只是对当时的政治思想表示讽刺而已。同时，作者把剧本上演的时间确定为公元前393年（一般公认为公元前392年）。考虑到这本书针对的是古典学专业的本科生，作者给出了大量翔实和基础性的注解，探讨了很多校勘问题。

1997年，哈利维尔（Stephen Halliwell）出版了阿里斯托芬的英译本《阿里斯托芬：〈鸟〉〈吕西斯忒拉塔〉〈公民大会妇女〉〈财神〉》(*Aristophanes*: Birds, Lysistrata, Assembly–Women, Wealth, *A New Verse Translation, with Introductions and Notes*, Oxford University Press, 1997),深受好评。哈利维尔在序言中强调了《公民大会妇女》与《财神》之间的延续和差异,比较注重从现实背景理解这两个剧本。在翻译方面,哈利维尔借鉴了莎士比亚和弥尔顿,把阿里斯托芬的抑扬格三音步转变成不押韵的五音步,把抒情诗转变成自由体,多少还原了旧谐剧的诗歌特色。哈利维尔用词准确,注释得当,风格活泼,是个非常有感染力的现代译本。

1998年,"洛布丛书"重新推出阿里斯托芬全集的新译本(希英对照版,4卷),由美国著名学者亨德森(J. J. Henderson)编译。从1998年开始出版第一卷《阿里斯托芬:〈阿卡奈人〉〈骑士〉》(*Aristophanes*: Acharnians, Knights, Cambridge: Harvard University Press, 1998),至2002年出版第四卷《阿里斯托芬:〈蛙〉〈公民大会妇女〉〈财神〉》(*Aristophanes. Vol IV*: Frogs, Assembly–Women, Wealth,

Cambridge, MA and London: Harvard University Press, 2002）结束。这个译本主要是为了取代之前流行了近半个多世纪的罗杰斯版，其宗旨仍然是为了普通读者，故依旧采用"洛布"一贯的风格：翻译准确，注释扼要，附有简单的舞台说明。在第一卷长达39页的总序中，亨德森详尽地介绍了阿里斯托芬剧本的制作、阿里斯托芬与雅典政治的关系，以及阿里斯托芬的谐剧风格。此译本采用散文体，信实幽默，朗朗上口。

本稿主要依据霍尔（F.W. Hall）和吉尔达特（W.M. Geldart）编订的希腊文本（F.W. Hall and W. M. Geldar, *Aristophanes: Aristophanes Comoediae*, vol. 2, Oxford: Clarendon Press, 1907）迻译，因这版的《公民大会妇女》在诗行排列和个别词汇上有少许错误，故辅之以罗杰斯和亨德森的希英对照本做出了相应的调整。

部分注释参考了厄谢尔1973年出版的笺注本（前揭）和佐默施泰因（A. H. Sommerstein）1998年出版的笺注本《阿里斯托芬的〈公民大会妇女〉》

编译说明

(*Aristophanes' Ecclesiazusae*, Aris and Phillips, 1998)。这两个本子都不含希腊文本,也没有译文,只是对诗行做了校对和注释,较为可靠。

部分疏解参考了施特劳斯的阿里斯托芬义疏《苏格拉底与阿里斯托芬》(李小均译,华夏出版社,2011年)。

本稿依据情节脉络,以"妇女顺利夺权"为转折,对八个场次的内容做了大致划分(五个部分),并在每个场次中给出了小节标题,以便呈现一个清晰的结构和纲领。

黄薇薇

2021年3月

于御景湾

公民大会妇女

人　物

普拉克萨戈拉——雅典妇女

妇女甲

妇女乙

妇女丙

歌队——由二十四位妇女组成

布勒皮洛斯——普拉克萨戈拉的丈夫

丈夫——布勒皮洛斯的一个邻居

克瑞墨斯——布勒皮洛斯另一个邻居

传令官

男青年

女青年

老妇甲

老妇乙

老妇丙

女仆——普拉克萨戈拉的女奴

布　景

　　雅典街道,背景中有三所屋子,中间一所是普拉克萨戈拉的,左边一所是妇女乙的,右边一所是邻居克瑞墨斯的。

时　间

公元前392年。

一　预演政变

[题解] 雅典妇女普拉克萨戈拉乔装成男人，手提陶灯、手杖，挎着花篮出场，焦急地等待着其他妇女。约定见面的时间已到，但所有人都不见踪影，她只好对手里的陶灯说话。从她的话语中我们得知，陶灯不仅见证了妇女们偷情，还将参与她们的计划，陶灯是召集所有妇女的信号，但偷情和计划都非常隐秘，见不得人，陶灯的出场似乎预示着妇女们的行动将是一场黑暗里的狂欢（第1-29行）。

妇女们陆续到场，普拉克萨戈拉开始检查她们是否像此前在地母节商议的那样，把自己养粗糙，像个男人样，因为她们今天要扮成男人参加公民大会，夺取城邦的政权。但为了顺利提出议案，她们必须排练如何在大众面前公开发言（第30-123行）。

妇女甲首先发言，但她显然没有经验，以为发言之前要先喝酒，理由是男人们在公民大会上的行为和决议像是酒疯子所为，被普拉克萨戈拉斥退。妇女乙接着发言，她提议不准卖假酒，却以女神的名义起誓，暴露了女人的身份，被普拉克萨戈拉赶走。普拉克萨戈拉不得不亲自示范。她给出三个理由：（1）女人与男人一样享受平等权利；（2）男性统治者及其他公民品质败坏；（3）人人只顾私利而不顾城邦。她提议把城邦移交给女人，因为男人们标新立异，女人们却恪守旧礼，女人比男人更擅长持家，会象母亲养育孩子一样照顾城邦。她的发言得到所有妇女的支持，她们考虑完其他可能发生的状况就匆忙赶去会场（第124-310行）。

随后，妇女们分成两半歌队，一半扮演城里的妇女（伪装成城里的男人），提醒众人谨言慎行，不要暴露身份；另一半扮演乡下的妇女（伪装成乡下的男人），歌颂公民大会的旧时光（第285-310行）。

一　预演政变

开　场

（雅典街道，一妇女上。妇女身披男士大衣，手持陶灯、手杖，挎着花冠）

陶灯的秘密

普拉克萨戈拉：[1]

（向陶灯）

陶灯啊，你闪亮的眼睛

1　"普拉克萨戈拉"，这个名字要在第124行才出现。原文为Praxagora，由Praxis［行动］和agora［集会］组合而成，意思是"在集会上采取行动的人"。普拉克萨戈拉人如其名，她在剧中的确充当了果断采取行动的领导者角色，体现出一个政治领袖应有的果敢和魄力。此外，雅典的"集市"通常是人们发表演说和各种言论的场所，所以也可以把"普拉克萨戈拉"理解成"以公开发表言论采取行动的人"，也即依靠言辞（或劝服）发表行动的人。

是精明的人类最好的发明!

我们要公布你的出身和命运。

陶轮旋转的冲力在转轮上把你旋出,

5　你的喷嘴便有了太阳光辉的荣耀。[1]

发出我们商定的火光信号吧![2]

我们当然只对你袒露心声。因为,

我们在闺房尝试各种爱的方式时,

你就站在近旁,

10　我们挺身弓背时,

没人会把你这只眼睛关在房外。

1　注意这两句话的反讽含义。普拉克萨戈拉在戏仿肃剧的开场。她把陶灯当作神来歌颂,将之与太阳神媲美。她扬言要公布陶灯神的出身和命运,我们以为她会说陶灯神是某位神祇的后代,却得知陶灯生于陶轮的旋转之力,如此矛盾恰好反映出雅典当时的信仰状况——信奉的不是传统的城邦神,而是新的技术神。

2　"陶灯"是普拉克萨戈拉召集同伴前来开会的信号,此信号犹如集合参战的号令。

一　预演政变

只有你，照亮了股间最隐秘的角落，
燎着了茂密的绒毛。
我们打开装满谷物和葡萄酒的粮库时，
你就站在一旁协助。[1]　　　　　　　　　　　　　　15
你帮助这些，却从不对旁人言语。
所以，你也知道了我们当前的计划，
就是在地母节与我的女友们商量的那个。[2]
但她们该来的却一个都没来，
尽管天就要亮了，公民大会　　　　　　　　　　20
也马上要开始了！我们得去占座位，

1　普拉克萨戈拉明显把陶灯当成了帮助女人偷情的神明。

2　原文为Skira节，即雅典妇女为纪念德墨忒耳和珀耳塞涅福的节日。一般在农历七月十二举行，当月被称为Scirophorion，故得此名。在这个节日，妇女们得以摆脱男人，通常会聚在一起密谋一个事情。比如，在《地母节妇女》中，妇女们就商量着如何对付欧里庇得斯。

就像费洛马霍斯说的那样,要是你们还记得![1]

我们这些同伴得坐好,别被人发现。[2]

究竟出了什么事?她们是没有

按照要求带上缝制好的胡须?

还是悄悄偷走丈夫的大衣

有困难?不过,我看见一盏灯

---

1 "费洛马霍斯"是雅典的一个政客,曾公布过一条法令,让男女看戏时分开坐。

2 "同伴"原文为etairos,该词具有很深的政治含义:如果用于男性,指"同谋""同志",即有着共同政治追求的团体,有时也用来形容反民主分子;如果用于女性,则通常指"交际花"。

这个词出现在这里模棱两可,让观众摸不清这些女人的身份,她们究竟是像一群有政治阴谋的男人,还是只是一群高级妓女,又或者就是一群想搞政治的妓女,倘若是后者,那么整出戏的讽刺性就通过普拉克萨戈拉这段独白展露无遗,她们的身份暗示出女人发动政变的真正动机。

一　预演政变

过来了。且让我退后几步,

免得无意中被当成某个过路的男人!

(退到一旁)

妇女齐聚

(妇女甲手提陶灯,与另几位妇女一同上台。

她们都身披男式大衣,拿着手杖,拎着男士鞋)

妇女甲:

该出发了!传令官　　　　　　　　　　　　30

在我们来的时候刚刚打了第二次"鸣"。

普拉克萨戈拉:

(上前)

我一直醒着,等了你们

一整夜。我这就把邻居

叫出来,轻敲她的门,

不叫她丈夫发现。　　　　　　　　　　　　35

(走向左边的住宅,敲门)

妇女乙:

(从屋里走出)

> 我听到了，
> 你手指头刮门的时候我正在穿鞋，
> 我没睡。我最亲爱的丈夫，
> 是个萨拉米斯人，我和他在一起，[1]
> 整夜都在被窝里划桨，
> 我到这会儿才拿到他的大衣。

40

妇女甲：

> 我真的看到克蕾那瑞忒和索斯特剌忒
> 已经赶来了，还有斐莱勒忒。[2]

普拉克萨戈拉：

> （向众人）

---

1 "萨拉米斯人"以水手著称，也以性欲旺盛闻名。

2 "克蕾那瑞忒"和"斐莱勒忒"这两个名字未曾在其他文学作品中出现过，也没什么搞笑的含义；"索斯特剌忒"这个名字在雅典倒极为常见，谐剧中常把它用在已婚妇女身上，参《云》第678行，《马蜂》1379行，《地母节妇女》第374行。

一 预演政变

那你们赶紧的！格吕克发过誓，[1]
谁最后一个到，就得把三大盅酒
赔给我们，还有一斗野豌豆。[2]

45

妇女甲：

你没瞧见斯弥库提俄诺斯的妻子墨莉斯提刻
穿着毡鞋赶来了吗？[3]

---

1 "格吕克"可能是歌队长的名字。

2 "一大盅酒"，约合3.36公升，相当于我们6.7斤。"三大盅"，就有20多斤重了；"一斗"，约合0.85公升，相当于我们1.7斤，这差不多是一个士兵或奴隶一天的口粮。普拉克萨戈拉这话听起来更像是一条法令而非誓言，格吕克很可能就是后面那个女传令官。

3 "斯弥库提俄诺斯"是雅典的一个告密者，已年过六十，体弱多病；"毡鞋"是雅典老人和穷人才穿的一种鞋，这里强调墨莉斯提刻穿错了鞋，她应该穿更正式的拉科尼亚鞋出席公共场合才对。其他女人都来不及穿鞋，把鞋拎在手里，只有墨莉斯提刻穿了鞋，但她穿错了，而且也迟到了。

普拉克萨戈拉：

　　　　　　　　看来，

只有她有闲暇摆脱丈夫。

妇女乙：

你没瞧见小商贩的妻子格芙西斯特拉忒

右手举着火把吗？[1]

普拉克萨戈拉：

菲罗多瑞忒斯和凯瑞塔得斯的妻子，

我瞧见她们都来了，还有许多其他

妇女，城里有用的妇女都来了。[2]

妇女丙：

亲爱的，我可费劲了，

偷偷地溜出来。我丈夫整夜

　　1　"格芙西斯特拉忒"是个生造的名字，其词根含有"让人尝尝"之意。注意这里有双关含义，影射既可让人品尝她卖的样品，又可品尝她的身体。

　　2　普拉克萨戈拉认为，雅典城里的男人都没用，妇女是城邦唯一的希望。

一 预演政变

都在咳嗽,他傍晚装了一肚子鳀鱼。[1]

(众妇女上)

普拉克萨戈拉:

(向众人)

都坐下吧!我要问问

你们,看看自从我们

在地母节商量之后,你们是否都做到了。

妇女甲:

我做到了。首先,我让胳肢窝 60

比灌木丛还茂密,就像当初商量的那样;

然后,趁我丈夫去市场的时候,

我就周身抹油,一整天

站着晒太阳。[2]

妇女乙:

我也做到了。我首先就把剃刀 65

---

1 "鳀鱼"的刺多得像头发一样。

2 "胳肢窝比灌木丛还茂密",女人本该剃光腋毛;"一整天站着晒太阳",因为晒黑了才更像男人。

扔出家门,让整个人粗糙起来,

一点儿也不像女人。

普拉克萨戈拉:

你们都带了胡须吧?按照要求,

我们开会时全都得戴胡须。

妇女甲:

赫卡忒在上,我带了副漂亮的胡须。

妇女乙:

我也带了!比赫庇克拉特的漂亮多了。[1]

普拉克萨戈拉:

(向其他妇女)

你们说什么?

妇女甲:

     她们说带了,她们在点头。

---

1 "赫庇克拉特"是雅典一个重要的政治人物,支持民主派,强烈主张与斯巴达作战。他留着长长的胡须,以至于得了一个"持盾士"的绰号,嘲笑他的胡须可以当盾牌使。

一　预演政变

普拉克萨戈拉：

其余的事，我看你们也准备好了。

你们也带了拉科尼亚鞋和手杖，[1]

还有你们丈夫的大衣，都按我们说的做了。　　　75

妇女甲：

我还偷偷把他的木棍带了出来，

趁拉米阿斯睡着的时候。[2]

1　"拉科尼亚鞋"是一种男士鞋，通常为红色，看起来比毡鞋更重、更醒目。

2　"拉米阿斯"是妇女甲的丈夫，是个监狱看守人；"把他的木棍偷偷带了出来"，是开拉米阿斯的玩笑。拉米阿斯的职业让人想起百眼巨人阿耳戈斯。伊俄被宙斯变成小白牛后，赫拉请求宙斯将小白牛赠与她，并派阿耳戈斯看守伊俄。宙斯后来派遣赫耳墨斯去救伊俄，赫耳墨斯就带了一根木棍去对付阿耳戈斯。赫尔墨斯先给阿耳戈斯讲故事，待他逐渐闭上一百只眼睛后，就用木棍轻敲他，让他睡得更沉并砍下他的脑袋，救出伊俄。

妇女乙：

就是那根让他大放臭屁的木棍吧！[1]

普拉克萨戈拉：

守护神宙斯在上，要是

他裹上百眼巨人的皮，

定会比其他人更适合看守刽子手。[2]

来吧，干完我们要干的事儿，

趁星星当空：

公民大会，我们准备

要去参加的，天一亮就要开始。

妇女甲：

宙斯在上！我们得占

讲台下面那些座位，正对着主席团的。

妇女乙：

（拿出一点羊毛）

---

1 "大放臭屁"，拉米阿斯的名字改自拉米娅，拉米娅是个女蛇妖，手持木棍，刮臭风。

2 原以为她会说"更适合看守伊俄"。

一　预演政变

宙斯在上！我还带了这个，好

一边梳羊毛一边开会。

普拉克萨戈拉：

一边梳羊毛？你这傻女人！

妇女乙：

阿尔忒弥斯在上，　　*90*

难道我一边梳羊毛一边听得更少吗？

我的孩子们还光着身子呢！[1]

1　妇女乙居然打算在会场梳理羊毛。这当然会暴露女性的身份，但这个举动有两层意思。

其一，暗示妇女心里只关心羊毛和自家孩子，也就是她只关心家事，不关心国事，预示妇女夺权后，城邦的管理会面临极大的困难。

其二，梳理羊毛是妇女的本职，而且是传统手艺，这个遵循古法的举动暗示了政治制度的回归，即管理城邦政务的确就像梳羊毛一样，得把各个层面的矛盾梳理清楚，使城邦整洁有序。

倘若第一层含义中的妇女能够转变到第二层含义的

普拉克萨戈拉：

> 你瞧，她竟要梳羊毛！你的身体
>
> 不能暴露给邻座。[1]
>
> 我们可要摊上好事儿了！要是会场恰好
>
> 坐满了人，某人却爬上座位，
>
> 撩开大衣，露出她的福尔米希斯。[2]
>
> 如果我们早一点入座，
>
> 裹紧了大衣，就不会被人发现。因为这胡须，
>
> 我们无论何时都要把它戴在那儿，
>
> 谁不会把我们看作男人呢？
>
> 阿古里奥斯就因为戴了普罗诺姆斯的胡须

95

100

境界，那妇女就有望成为城邦理想的统治者。可是，普拉克萨戈拉要实现的却是新政，而非旧制。

1　妇女们在家梳羊毛的时候会露出手臂，一只腿翘起来放在高凳上，还会把衣服会撩到膝盖以上。

2　"我们可就摊上好事儿了"说的是反语。"福尔米希斯"是雅典的一个政客，胡须浓密，做过男妓，这里暗指女性肛门。

才没被人发现。从前,他就是个娘们儿;

现在,你瞧,他却在城邦干了些大事![1]

所以,天亮之际, 105

我们就要大胆地做那大胆的事,

无论如何要夺取城邦的政权!

为了给城邦办点好事:

我们现在既不能开船,也不能摇桨。[2]

妇女甲:

可一群娇滴滴的女人如何 110

发表演说?

---

1 "那儿"指下巴周围,假须不容易服帖;"阿古里奥斯"是雅典著名的领导人,非常活跃,办了许多大事。例如,他曾提议发放一块钱的津贴给参加公民大会的人,后来又增至三块,也曾指挥过海军作战。

2 注意此处有两层含义:"我们"既可以泛指所有公民,也可以专指妇女。若指前者,意思是城邦之舟现在难以航行;若指后者,意思是妇女不能外出航海打战,但可以管理城邦内务。

普拉克萨戈拉：

> 相反，要好得多！

人们说："年轻人，

谁被搞得次数最多，谁就最能说会道。"[1]

我们女人天生就会。

妇女甲：

115　可能吧，但缺乏经验也很可怕。

普拉克萨戈拉：

我们之所以特意在此商量，

就是为了提前练习在会上应该如何发言。

你快把胡须戴在下巴上，

还有其他打算发言的人。

妇女甲：

120　亲爱的，我们女人谁不擅长唠叨？[2]

1　这里是把肛门比喻成嘴巴。

2　"发言"和"唠叨"是同一个词，前者强调男性的政治言论，后者强调女人的喋喋不休。妇女甲把普拉克萨戈拉说的"发言"听成了"唠叨"。

一　预演政变

普拉克萨戈拉：

来吧，你戴上胡须，迅速变成一个男人。

我也放下这些花冠，戴上胡须，

跟你们一样，万一我也想发言。[1]

（所有妇女戴上胡须）

妇女甲：

看，亲爱的普拉克萨戈拉，瞧瞧这个小可怜，

这样子看起来多搞笑！

普拉克萨戈拉：

怎么搞笑啦？

妇女甲：

　　　　像是有人把

胡须戴在了烤焦的墨鱼上！[2]

1　想发言的人得先戴上花冠。

2　活的墨鱼是黑色，死后即刻变成白色。妇女甲的意思是，她的脸原本像死墨鱼一样白，但按照约定晒完太阳后，就变成了焦黄色，看起来就像一条烤熟的墨鱼。

排练发言[1]

普拉克萨戈拉：

（假装有个祭司）

祭司，该把黄鼠狼带进来了！

走到前面去吧！阿里弗拉得斯，别再唠叨了。

130 过来坐下！谁想发言？[2]

妇女甲：

我。

---

1 这一节可以分为四个部分：第一部分，从第128-146行，妇女甲抨击男人在公民大会上的表现和决议像酒疯子所为；第二部分，从147-168行，妇女乙反对卖假酒；第三部分，从第169-213行，普拉克萨戈拉痛斥男人当政的问题；第四部分，从第214-240行，普拉克萨戈拉细数女人可以当政的理由。

2 "黄鼠狼"是当地的一种野猫或臭鼬；"把黄鼠狼带进来"是在模仿公民大会召开时的仪式；"阿里弗拉得斯"是普拉克萨戈拉在假装叫一个男人的名字。

一　预演政变

普拉克萨戈拉:

　　戴上你的花冠，祝你好运！

妇女甲:

　　好！

普拉克萨戈拉:

　　那就发言吧！

妇女甲:

　　　　　　喝酒之前就发言吗？

普拉克萨戈拉:

　　还要喝酒？

妇女甲:

　　　　　亲爱的，不然我戴花冠做什么？[1]

普拉克萨戈拉:

　　你走开！你也会这么耍我们吧？

　　到了会场！

妇女甲:

　　　　　什么？男人们在会场不喝酒？

135

1　一般在会饮的场合才会戴花冠。

普拉克萨戈拉：

好啊！他们还喝酒！

妇女甲：

是的，阿尔忒弥斯在上，

他们喝的还是纯酒！[1]

他们深思熟虑后通过的决议

确实像酒疯子所为。

还有，宙斯在上，他们还奠酒：他们怎么会

做那么长的祷告，要是没有酒？

再有，他们相互谩骂，像酒鬼一样，

而且，弓箭手们还会把耍酒疯的人赶出去。[2]

普拉克萨戈拉：

你走吧，去坐下！没用的东西！

---

1 "纯酒"是没掺水的酒，浓度很高。

2 妇女甲的逻辑是，如果要祷告，就一定要奠酒，如果要奠酒，就一定有酒，如果有酒，就一定有人喝。"弓箭手们"，即雅典警察。

一　预演政变

妇女甲：

（回到座位）

宙斯在上，我还是不长胡子的好：　　　　　145

口渴得要死！[1]

普拉克萨戈拉：

谁还想发言？

妇女乙：

　　　　　　我。

普拉克萨戈拉：

去吧，戴上花冠。该行动了![2]

来吧！用男人的方式好好发言，

身体倚着你的手杖。　　　　　　　　　　150

妇女乙：

我原本希望有个行家

1　不是胡须妨碍她喝水，而是她想喝酒喝不到。

2　"该行动了"，因为时间快到了，天一亮公民大会就开始，所以普拉克萨戈拉催妇女乙快一点发言。

能说出最好的建议，我好静坐聆听。

可现在，就我而言，

我绝不允许酒馆的人往地窖灌水。

我反对！两位女神在上！[1]

普拉克萨戈拉：

两位女神在上？傻女人，你的理智哪去了？

妇女乙：

什么呀？我可没向你要酒喝。

普拉克萨戈拉：

宙斯在上，你是个男人，却凭两位女神起誓？

不过，其他倒说得非常熟练。

1　妇女乙想模仿公民大会发言的开场白，但最后一句露了马脚。"行家"是指经常在公民大会发言的人；"就我而言"是指就我手里这一票而言；"地窖"即"酒窖"；"灌水"意指不良商家总是卖兑了水的假酒。"反对"是指投反对票；"两位女神"是指德墨忒耳与珀耳塞福涅。

妇女乙：

哦，应该凭阿波罗起誓。

普拉克萨戈拉：

停！我 160

不会朝公民大会迈进一步，

除非你们把这些都排练准确。

妇女乙：

把花冠给我，我要重新发言。

我觉得我已经训练好了：

在座的各位妇女—— 165

普拉克萨戈拉：

可怜的女人！你又把"男人"称为"妇女"？

妇女乙：

都怪那个厄皮革洛斯。我一看到

他在那儿，就以为是在对女人发言。[1]

---

1 "厄皮革洛斯"，是个娘娘腔的雅典男人，常和女人在一起。

普拉克萨戈拉：

你滚吧！回到你的座位去！

170 看来，为了你们的缘故，我得戴上花冠

亲自发言。我向诸神祷告，

保佑我们的计划成功。

在这个国家，我和你们享有同等权利。

我忧心忡忡，苦苦忍受

175 城邦发生的一切。

我看到，城邦任用的领导人

总是一群坏蛋：要是有人当了一天

好人，他就会当十天的坏蛋。

你信赖另一个，他却做出更龌龊的事。

180 要劝告一帮难以应付的男人，很难：

你们害怕一心喜欢你们的人，

却总是祈求不中意你们的人。

过去，我们不利用公民大会，

完全不，就连阿古里奥斯

185 也被我们视为坏蛋；现在，我们却利用它：

拿到钱的，把它夸上了天；

一　预演政变

没拿到钱的，却说："谁想在公民大会上挣钱，
谁就该死！"[1]

妇女甲：

阿芙洛狄忒在上，你说得对！

普拉克萨戈拉：

傻女人，你向阿芙洛狄忒起誓？　　　　　　　190
要是你在会上也这么说，可就"妙"了！

妇女甲：

我不会这样说的。

普拉克萨戈拉：

　　　　　那就别养成习惯！
这一次结盟，我们还在讨论时，
他们就说："如果不签订，城邦将彻底毁灭！"
可一旦签订了，他们又怨声载道，　　　　　　195
鼓动我们的人却逃之夭夭。

---

[1] 普拉克萨戈拉这段发言主要针对城邦的内政。她例举了如下几个问题：（1）领导人品质恶劣；（2）邦民们性情古怪；（3）大家都利用公民大会挣钱。

要开动舰队吗？穷人同意，

富人和农民却不同意。[1]

你们过去恼怒科林斯人，他们也生你们的气。

眼下他们有用了，你也得变得有用。

阿尔格奥斯愚蠢，希耶罗尼姆斯却聪明。

我们得救在望，忒拉绪布罗斯

却因为没被召回来而愤愤不平。[2]

---

[1] "结盟"，是指公元前395年雅典与科林斯等城邦签订的反斯巴达同盟；"穷人同意"，因为可以获得工作机会；"富人不同意"，因为他们要负担供养舰队的费用；"农民不同意"，因为土地会被践踏。

[2] "阿尔格奥斯"反对议和，"希耶罗尼姆斯"力主议和，他俩分别代表了雅典对战争的两种态度。

"忒拉绪布罗斯"是雅典的将军和民主领袖。公元前411年，雅典发生寡头政变后，萨摩斯的民主派水手选举他为将军，使他成为抵抗政变的主要领导人。作为将军，他负责从流放中召回备受争议的阿尔喀比亚德。在接下来的几年里，两人广泛合作，一起指挥雅典海

一 预演政变

妇女甲：

　　好一个精明的男人！

普拉克萨戈拉：

　　　　　　　　你这回赞对了！

　　公民们，这一切都怪你们。　　　　　　　　205

　　你们从公款中领取薪金，

　　每个人却只惦记自己拿多少，

　　致使国家像埃希姆斯那样晃晃悠悠。

　　要是你们听我的，就能得救。[1]

军，获得了几次重要胜利。公元前404年，他指挥一小群流亡者入侵阿提卡。在连续的几次战斗中，他先是击败了斯巴达的守备部队，然后又打败了寡头政治势力。这些胜利之后，雅典重新建立了民主制度。忒拉绪布罗斯提倡抵抗斯巴达，并试图恢复雅典帝国。公元前388年，他在科林斯率领一支雅典海军部队时被杀。

　　1　"埃希姆斯"是雅典一个著名的政治人物，但是个瘸子，且为人不诚实。

　　普拉克萨戈拉这段发言主要针对城邦的外交。她例

210　　我认为，我们应该把城邦交给妇女，

因为她们在家

就是管家和会计。

妇女甲：

说得好！宙斯在上，说得好！

妇女乙：

继续说！好人！

普拉克萨戈拉：

妇女们的生活方式比我们的更好，

举了两个例子——订立盟约、商议战和。公民们对这些问题很难达成一致，因为每个阶层或每个人都只从自己的利益出发，没人为公共利益考虑。

按照普拉克萨戈拉对内政外交的指控，城邦要想得救，就应该由好人当政，并想办法让公民摆脱个人利益的束缚，竭力站在城邦的整体利益处理政务，城邦方有一线生机，但她话题一转，没有提出如何培养公民德性的教育方案，而是提出让男人交出政权，由女人执政。言下之意，女人比男人更能克服私利，更能为城邦着想。

一 预演政变

我将证明这一点：首先，她们烫羊毛，　　　　　*215*

用的是沸水，按照老规矩，

每个人都这么做，你不会看到她们

试用别的办法。雅典城，

要是守住行之有效的老规矩，怎不会得救？

只要不在标新立异上白费功夫。　　　　　　　*220*

她们坐劳炊事，像过去一样，

她们梳妆打扮，像过去一样，

她们过地母节，像过去一样，　　　　　　　　*223a*

她们揉面制饼，像过去一样，　　　　　　　　*223b*

她们激怒丈夫，像过去一样，

她们在家幽会情人，像过去一样，　　　　　　*225*

她们给自己买美味，像过去一样，

她们爱纯酒，像过去一样，

她们享受做爱，像过去一样。

那么，我们男人就应该把城邦交给她们，

毋须多论，毋须多问　　　　　　　　　　　　*230*

她们打算做什么，就是单纯地

让她们统治，只需考虑这一点：

首先，作为战士们的母亲，

她们只想着保全战士们的性命，

235　谁会比养育过他们的人更懂得运送口粮？[1]

其次，女人最擅长挣钱，

她们一旦统治，就不会受骗，

因为她们本身就是惯于行骗的高手。

别的我就不多说了，你们若是听我的，

240　就能过上幸福的生活。[2]

1　按照规定，每个战士每次只能携带三日的口粮出征，超过时日，母亲就要想办法给他们送去口粮。

2　普拉克萨戈拉提出城邦应该由女人接管。理由如下：（1）妇女比男人更遵循旧制，更值得信赖；（2）妇女比男人更勤俭持家；（3）妇女比男人更擅长欺骗，是搞政治的能手。

按照普拉克萨戈拉的说法，女人有德，是因为她们恪守旧礼，遵循古制；男人无德，是因为他们标新立异，不守旧法。但是，普拉克萨戈拉的说法引出三个矛盾：

其一，如果女人真的遵循古老的生活方式，不越

一 预演政变

（坐下）

矩，不从新，那就应该老老实实呆在家里，持家、理财、烫羊毛、梳羊毛、听从丈夫，不抛头露面，不弃家从政。但是，她们现在却要求走出家庭，执掌城邦。按照古制，女性统治城邦的事绝无仅有（第456行），要男人让权给女人，这个计划本身就是最新最激进的政治革命，绝非因循古制。

其二，如果改制易主的理由是因为女人比男人更能克己奉公，而更古老的生活方式又是这一理由的基础，那么旧制之下就更能体现出女性的公心。可普拉克萨戈拉强调妇女"像过去一样"的生活方式中却未见女性有丝毫公共德性，反而个个都是自然爱欲的践行者。

其三，倘若女人当政的理由是因为古制，那就意味着女人代替男人管理城邦之后必然会恢复古制，可后文却显示，新政不仅是对古制的抛弃，而且把民主制下的平等原则推向了极致。

所以，依据自然和古老，普拉克萨戈拉并不能让女人在德性上胜于男人，也就是说她这段发言并没有给政治变革提供合理的证明，这段演说本身就是一段"劝服

妇女甲：

说得好！可爱的普拉克萨戈拉，说得对！

小可怜，你从哪儿学得这些，说得这么好？

普拉克萨戈拉：

我和丈夫逃难时住在普倪克斯，

我听过演说者发言，就学会了。[1]

妇女甲：

亲爱的，难怪你这么厉害，这么聪明。

妇女们立即就会选你做将军，

如果你的计划成功。

不过，要是克法洛斯冲你破口大骂，

你在会场如何应对他？

之辞"，反而体现出她高明的骗术，预示了新政实施的基础——谎言。

1 "逃难"，可能是指公元前413年，斯巴达大举入侵阿提卡农村，乡下人都逃到城里的事。普拉克萨戈拉一家可能暂时住在普倪克斯（即公民大会会场）旁，刚好听得清会场发言的内容。

一 预演政变

普拉克萨戈拉：

我会说他发疯了。

妇女甲：

> 这个嘛， 250

所有人都知道。

普拉克萨戈拉：

> 那就说他丧心病狂。

妇女甲：

这个大家也知道。

普拉克萨戈拉：

> 那就说，他捏陶碗

不行，捏城邦倒很在行。[1]

妇女甲：

要是烂眼的涅俄克勒得斯骂你，怎么办？

---

1 "克法洛斯"，在演说方面很著名，是个民主派，但在制陶方面寂寂无名。他父亲是个陶匠，这里讽刺他像揉捏陶器一样治理城邦。

普拉克萨戈拉：

我就对他说："去瞧狗屁股吧！"[1]

妇女甲：

要是有人顶撞你，怎么办？[2]

普拉克萨戈拉：

我就顶回去！

在顶撞方面，我可有很多经验。

---

1 "去瞧狗屁股吧"，这是一句骂人的谚语。

涅俄克勒得斯有眼病，看不清东西，谚语的意思是"你没什么看得见，但你至少看得见没什么"。

涅俄克勒得斯尽管看不清，却擅长偷盗。这个名字只在阿里斯托芬的剧本中出现过。在《财神》中，他跑到医神庙去求医，医神为了不让他在公民大会上乱发言，就把捣烂的蒜泥敷在他眼睛上，痛得他哇哇大叫，跳起来跑了。另参《公民大会妇女》第716－725行。

2 "顶撞"，用了双关，既指语言攻击，也指性交姿势。

一　预演政变

妇女甲：

　　只有一件事没想好：要是弓箭手

　　拖你，怎么办？

普拉克萨戈拉：

　　（做摔跤样）

　　　　　　　　　我就撑开手肘，

　　像这样，绝不让他们把我拦腰抱住。　　　　　　260

妇女乙：

　　如果他们把你举起来，我们就喝止他们。

妇女甲：

　　这些事我们都考虑周道了，

　　可还有一件没想好：我们怎么

　　才能记住，到时候要举手表决，

　　因为我们都习惯了抬腿。　　　　　　　　　　265

普拉克萨戈拉：

　　这事很难办，但必须得举手表决，

　　把整只胳膊到肩部都露出来。[1]

---

[1]　举手表决并非很难记住，普拉克萨戈拉考虑的

现在，把你们的衬衣掖起来，

尽快把你们的拉科尼亚鞋系好，

270　　就像每次看到你们的丈夫

要去参加公民大会或出门那样。

既然你们做好了一切准备，

那就戴上胡须。

把它们弄得服服帖帖，

275　　再把你们从丈夫那儿偷来的大衣

披上，还有你们的手杖，

倚着它，出发！哼着

老年人的歌，模仿

乡下人的样子。[1]

可能是着装困难。按照习惯，男人们一般是举右手表决，所以他们的外袍一般是搭在左肩上，右边肩部和整个手臂全露在外面。但这些妇女为了伪装自己，在外袍下面穿了衬衣，表决的时候要露出整个右臂就有些困难，而且还容易暴露身份。

1　老年人和乡下人都不经常参加公民大会。

一　预演政变

妇女乙：

> 你说得对！那我们自己
> 先去吧。我觉得其他　　　　　　　　　　280
> 乡下来的妇女会直接去普倪克斯。

普拉克萨戈拉：

那就快走吧！按照习俗，
谁没有在天亮时赶到普倪克斯，
谁就要落荒而逃，半个子儿也没有。

（普拉克萨戈拉、妇女甲和妇女乙下，其余人留作歌队，分成两半，一半扮演城里的妇女，一半扮演乡下的妇女）

进　场

城里的妇女进场

歌队长：

285　　男人们，我们该行动了！要

　　　记住这个称谓，以免把我们说漏嘴！

　　　那可不是一点点危险，要是有人发现

　　　我们在夜间参与了一个大冒险！

甲半队：

　　　男人们，我们去参加公民大会吧！

290　　执政官承诺过：谁

291a　没有在破晓时分

　　　赶到，风尘仆仆，

291b　带着大蒜

292a　的酸汁儿味，谁就

292b　领不到那三块钱。[1]

1　"忍受大蒜的酸汁味儿"，大蒜是一种廉价的食

卡里提米德，	*293a*
斯米库忒，德拉克斯，[1]	*293b*
你们跟紧点！	*294*
自己当心，	*295a*
别跑调，	
煞有介事；	*295b*
先领陪审证，	*296*

物，阿里斯托芬笔下的老年人尤为喜爱。公民大会召开的时间太早，大家来不及吃早餐，就把腌好的大蒜带在身上，准备开完会就着面包吃，或者在路上闻一闻大蒜的酸味儿就饱了。

"三块钱"，原文为三个"欧波罗"。欧波罗是古希腊的一种币值单位，1个欧波罗相当于我们8个铜板。6个欧波罗=1德拉克玛。雅典普通人一天的收入大概是4个欧波罗，参加一次公民大会可得3个欧波罗，相当于普通的三口之家一天的伙食费。

1 "卡里提米德""斯米库忒"和"德拉克斯"是歌队模仿的三个雅典男人的名字。

297	再紧挨着
	坐下,好
	把票都投给
298	我们的姐妹
299	需要的议案。
	我在说什么呀?
	得称为"兄弟"![1]

乡下的妇女进场

乙半队:

300	我们要把城里来的人挤到一边。
301	想当初,只去领
302a	一块钱的时候,
	这些人坐在

1　歌队建议妇女们入场后尽可能坐在一起,好在表决时取得一致意见,尤其要把票投给自己的姐妹提出的议案,但意识到自己说漏了嘴,就把"姐妹"换成了"兄弟",原文用"朋友"一词的阴阳性做了区分。

一 预演政变

花冠市场里聊天；   *302b*

现如今，他们却造成极大的麻烦。[1]   *303a*

我们高贵的米洛尼得斯   *303b*

执政时，

谁也不会因为   *304a*

管理了城邦事务   *304b*

而敢拿一个子儿。[2]   *305a*

那时来开会，每个人   *305b*

都把酒装在酒囊里

带来喝，同时带一个面包，   *306*

外加两个洋葱、   *307*

还有三颗橄榄。   *308*

可现在，这些人

---

[1] 以前，参加公民大会的津贴少，这些人并不积极参会；现在，津贴涨到三块，他们就蜂拥而至，使会场拥挤不通，像赶集一样。

[2] "米洛尼得斯"是公元前五世纪70年代至50年代间雅典杰出的将军。"一个子儿"，原文为"小银钱"。

一心想领三块钱，只要是

309　　办理公务，就

310　　像泥土搬运工一样。[1]

　　（歌队下）

1　"搬运工"干一天活领一天工资，一个自由人是不会为了钱而劳作的，但现在这些参加公民大会的人却成了津贴的奴隶。

歌队由24个妇女组成，他们分成了两半，一半扮演城里的妇女，一半扮演乡下来的妇女，代表雅典所有女性一致行动。这里还有一层含义，观众们知道舞台上的歌队扮演的是妇女，但这些妇女又把自己伪装成了男人去行动，歌队因而具有了双重身份。

二　移交政权

[题解]普拉克萨戈拉的丈夫布勒皮洛斯醒来发现妻子和自己的衣物都不见了,情急之下只好穿了妻子的衣裙出门。他和妻子互换衣服,预示着城邦的男人和女人将互换身份。他忙着方便的时候,邻居出场了,两人遭遇一样。他俩猜测,妇女们可能约会去了。至于她们是跟情人还是女友约会,他们管不了,因为公民大会即将开始。布勒皮洛斯要先去解决问题,丈夫则匆匆赶去会场(第311-371行)。

布勒皮洛斯刚解决完,公民大会就结束了,碰到刚从会场上回来的克瑞墨斯。他没有意识到,自己上厕所的功夫,城邦就发生了一场政治变革。克瑞墨斯告诉他,今天的公民大会气氛异常,来了一大群从未见过的白脸人,他们提议把城邦交给女人,理由是女人比男人有德:女人保密、女人守信、女人捍卫民主（不同于普拉克萨戈拉排练时说的女人因循守旧的德性）。城邦最终同意了这个议案（第327–477行）。

妇女们顺利夺权，匆忙赶回早上集合处，准备换装回家。普拉克萨戈拉也从公民大会凯旋而归，刚想换衣服却被丈夫一头撞见。俩人分别穿着对方的衣服，讨论着城邦男女统治地位互换的消息。此时，克瑞墨斯重新出场，将参与夫妻关于"女人如何当政"的讨论（第478–570行）。

二　移交政权

第　一　场

（布勒皮洛斯穿着妻子的衣服和拖鞋，站在自家门前）

主妇失踪

布勒皮洛斯：[1]

怎么回事？我妻子哪儿去了？
天就要亮了，她却不见踪影。
我躺在床上，一直想大便，
黑暗中找鞋子
和外袍，摸来摸去，
就是找不到，有人却一直敲我的后门，

315

---

1 "布勒皮洛斯"，这个名字词根的含义为"盯着看"，讽刺他视力不好，也讽刺他总是盯着（监督）自己的妻子。《财神》中也出现了一个类似的名字，叫"布勒普西德谟斯"，意思是"人民的监督者"。

是粪便先生,我只好穿了

妻子的裙子,

趿上她的波斯拖鞋。

(走上街道,四处寻找)

320 哪里有块清净地可以让我屙屎?

或者,黑夜中处处是好地儿?

(找到一处)

现在,没人看得见我屙屎了。

我真不幸啊!这把年纪娶了个

娇妻:真该打我一顿。

325 她这个时候出门绝不会

干好事!我可憋不住了。

(蹲下)

丈夫:

(从右边住宅的窗口探出头)

谁呀?不会是我的邻居布勒皮洛斯吧?

布勒皮洛斯:

宙斯在上,就是他!

二 移交政权

丈夫：

> 告诉我，

你怎么穿了一身黄衣服？不会是

基涅西阿斯在哪儿把你的衣服弄脏了吧？[1]　　　*330*

布勒皮洛斯：

不是！我出门的时候

穿了我妻子的裙子。

丈夫：

> 你的外袍哪儿去了？

布勒皮洛斯：

我不知道，

我在被窝里找过，没找到。

---

1 "黄衣服"，雅典男人从不穿黄色外衣，倘若看见有人穿这个颜色，就笑说他穿的是黄色，像满身涂了粪便一样，这里刚好讽刺布勒皮洛斯在屙屎；"基涅西阿斯"是酒神颂诗人，在《鸟》中也出现过。阿里斯托芬经常在剧中嘲笑他，因为他曾对着赫卡忒神庙大小便。

丈夫：

335 　　你就没叫你妻子给你找找？

布勒皮洛斯：

　　没有！宙斯在上，她刚好不在家！

　　她溜出去了，趁我不注意。

　　我担心她在玩什么新花样。

丈夫：

　　波塞冬在上，你遇到的事情简直

340 　跟我一模一样。我妻子

　　也出去了，还带走了我经常穿的外袍。

　　叫我苦恼的不是这件事，而是我的鞋，

　　我到处都找不到它们。

布勒皮洛斯：

　　狄俄尼索斯在上，我也找不到我的

345 　拉科尼亚鞋，我刚好想大便，

　　就穿了这双厚底拖鞋，

　　免得拉在我的羊毛毯子上，它刚洗过！

丈夫：

　　究竟出了什么事？不会是她的一个女朋友

二 移交政权

叫她吃早饭去了吧?

布勒皮洛斯:

> 我也这么想!

就我所知,她毕竟不是个坏女人。 　　　　　　350

丈夫:

你去厕井绳吧!我

该去参加公民大会了。

但我得先找到我的外袍,我就这一件!

布勒皮洛斯:

我也该去了!但我得先屙屎:现在

有只野梨堵住了我的食物。[1] 　　　　　　355

丈夫:

是忒拉绪布罗斯对拉凯戴蒙人说的那只?[2]

布勒皮洛斯:

不是!狄俄尼索斯在上,它堵得我实在厉害。

1　野梨堵住了肠道。

2　就议和问题,忒拉绪布罗斯声称,斯巴达或波斯的要求阻挡了和平的道路,就像野梨堵住了肠道。

我该怎么办？这不是

唯一叫我苦恼的事，要是我再吃一顿，

360　剩下的粪便该往哪儿走。

如今，这家伙锁住了我的大门，

这个来自"野梨国"的家伙。

谁去给我请个大夫？

谁在肛门技术方面最厉害？

365　阿米农知道，但他可能不会承认！

还是安提斯忒涅斯吧，务必请他来！

他的哼哼声表明，他就是那个

知道想大便的肛门意欲何为的人。

厄勒提亚娘娘啊，别不管我，

370　别让我胀死，

免得我成为谐剧的尿壶！[1]

---

1 "阿米农"曾被指控为男妓；"安提斯忒涅斯"在这里被提及，是嘲笑他最近在大庭广众下因肚子痛而哼哼唧唧；"厄勒提亚娘娘"是生育女神；"谐剧的尿壶"，即谐剧讽刺的对象。

二 移交政权

城邦易主

(邻居克瑞墨斯从街上走来)

克瑞墨斯: [1]

你在做什么?不是在那儿屙屎吧?

布勒皮洛斯:

我?

当然不是!宙斯在上!我现在站起来了。[2]

(起身)

布勒皮洛斯担心成为谐剧的笑料,这话在观众耳里有两层含义:(1)他出场就扮演了一个最低俗的角色,引发了观众的低级乐趣;(2)他所有行动的目标是为了解决生理需要,而他妻子的行动目标是为了解决政治需要,这种差异也引发了观众的嘲讽。

1 克瑞墨斯的名字要在第477行才出现,其本意是"清嗓子的人",这个词一般用来形容老年人的习惯,阿里斯托芬把这个名字稍微改动了一下,就变成了《财神》主人公的名字"克瑞穆罗斯"。

2 "现在站起来了",拉完了。

克瑞墨斯：

你怎么穿着你妻子的裙子？

布勒皮洛斯：

375　黑暗中我随便拿来就穿了。

你从哪儿来？

克瑞墨斯：

　　　　　公民大会。

布勒皮洛斯：

已经解散了吗？

克瑞墨斯：

　　　　　宙斯在上！天都亮了呀。

亲爱的宙斯哟，那条撒了赭红粉的绳子

真的特别搞笑。[1]

1　为了不让大家在街上闲聊，而是尽快赶往普倪克斯开会，公民大会快开始的时候，管理员就拿出一条撒了赭红粉的长绳来驱赶大家，谁身上粘上了红粉，谁就要被罚款。

二　移交政权

布勒皮洛斯：

你领到三块钱了？

克瑞墨斯：

     但愿领到了！　　　　　380

我去得太晚，惭愧呀，

宙斯在上，我口袋里什么也没有。

布勒皮洛斯：

到底什么原因？

克瑞墨斯：

     有好大一群人去了普倪克斯，

以前从未见过。

看到他们，我们全都觉得　　　　　385

他们像鞋匠。白得异常，

会场看起来全是白脸人。

于是，我和许多人就什么也没领到。[1]

---

[1] 这些人的脸太白了，就像鞋匠的脸一样，因为鞋匠们都在作坊里工作，晒不黑。

布勒皮洛斯：

我现在去，也什么都领不到吗？

克瑞墨斯：

现在？

390　不能！宙斯在上，你就是

鸡叫第二遍的时候去也领不到。

布勒皮洛斯：

我真可悲啊！

"安提罗科斯，大声痛哭吧！为我那三块钱，

不是为我这个活人！全都完了呀！"[1]

到底怎么回事，这么大一群人

395　这个时候聚到一起？

克瑞墨斯：

还会有什么别的事？

1　戏仿埃斯库罗斯的肃剧《密尔弥冬人》的残篇，即阿喀琉斯听到帕特洛克罗斯战死的消息时说："安提罗科斯，大声痛哭吧！不是为我这个活人，而是为我死去的亲爱的帕特洛克罗斯！"

二 移交政权

主席团希望定下

城邦的拯救方案!随即,

烂眼的涅俄克勒得斯第一个悄悄爬上讲台。[1]

于是,民众就用最大的声音喊道:

"这不恐怖吗,敢让这个人发言?　　　　　400

他提得出什么拯救方案?

他连自己的眼皮都救不了!"

这人环视四周,说:

"那我该怎么办?"[2]

布勒皮洛斯:

　　　　　　"把大蒜和无花果汁捣一起,

再放点拉科尼亚大戟,[3]　　　　　405

晚上抹在你的眼皮上。"

---

1 涅俄克勒得斯眼睛不好,只能摸索着爬到讲台上发言。

2 "环视四周",非常搞笑!他患有眼病,根本就看不清楚大家。

3 "拉科尼亚大戟"是一种毒草。

我会这样说，要是我在现场。

克瑞墨斯：

在他之后，那个最机灵的欧埃昂，

光着身子就上去了，我们大都这么以为，

410　他却慌称自己穿了外袍。

然后，他说出了最民主的提议：

"你们看到，我也需要

四个银币来救自己，但我还是要告诉你们

如何拯救城邦和公民：[1]

415　让漂洗匠给穷人们发

羊毛外袍，要在太阳转向之前，

1　"四个银币"，原文为"四个斯塔忒耳"。1个斯塔忒耳=4个德拉克马，1德拉克玛=6个欧波罗，而1个欧波罗相当于我们8个铜板。因此，4个斯塔忒耳=96个欧波罗，相当于我们768个铜板。雅典普通人一天的收入大概是4个欧波罗。这里提及"四个银币"，是很大一笔钱，强调欧埃昂很穷，需要一大笔钱来改善生活。

二 移交政权

到那时我们谁也不会得胸膜炎;[1]
让那些没有床榻没有被褥的人
到皮革匠家里洗干净手脚再睡觉,
他要是在寒冬里把门紧闭,   420
就罚他三件羊皮大衣。"

布勒皮洛斯:

狄俄尼索斯在上,说得好!要是他
再提一点,就没人会投反对票:
让面包商给穷人发放三天的口粮,
否则就叫他去死!   425
好叫大家从诺西库得斯那儿得到好处。[2]

---

[1] "漂洗匠"也是梳羊毛的人,可能也负责制作衣服;"太阳转向",即冬至来临。

[2] "诺西库得斯"是雅典有名的磨坊主,还养了很多牲畜。

欧埃昂很穷,所以他代表穷人发言,提议让富商供养穷人的生活必需品,其实是一定程度的平均财富。他的方案比较温和,相当于对现有政策的改良,不像普拉

克瑞墨斯：

> 在他之后，一个长得很好看的小
> 白脸跳了上去，像极了尼基阿斯。[1]
> 他面对大家发言，尝试说，
> 应该把城邦交给妇女。
> 于是，那一大群鞋匠
> 大声喝彩说好，乡下来的人则
> 唏嘘反对。

430

布勒皮洛斯：

> 宙斯在上，他们有理智！

克瑞墨斯：

> 但他们是少数。这个白脸高声压住他们，
> 说了妇女许多好话，却说了你
> 许多坏话。

435

克萨戈拉的政策那么激进。

1　"尼基阿斯"是雅典著名的尼基阿斯将军的孙子。在公元前403年的时候还是个孩子，到公元前392年时，估计刚20出头，已在公众面前多次露脸。

二　移交政权

布勒皮洛斯：

　　　　他说什么？

克瑞墨斯：

　　　　　　首先，他说
你是个流氓。

布勒皮洛斯：

　　　　那你呢？

克瑞墨斯：

　　　　　　　别管这个！然后又说，
你是个小偷。

布勒皮洛斯：

　　　　就我一个？

克瑞墨斯：

　　　　　　是的！宙斯在上，
还说你是个告密人。

布勒皮洛斯：

　　　　也就我一个？

克瑞墨斯：

　　　　　　　宙斯在上，

440　　他说的是大多数人。

　　（指向观众）

布勒皮洛斯：

　　　　　　　　　谁又会说别的呢？

克瑞墨斯：

　　他说妇女们机灵

　　又能挣钱，说她们不会泄露

　　地母节的秘密，

　　而你和我却总把议事会的事儿往外说。

布勒皮洛斯：

445　　赫尔墨斯在上，他没说谎！

克瑞墨斯：

　　接着，他说妇女们相互借

　　衣服、金饰、银饰和玻璃水杯，

　　只当着自己，没有当着证人，

　　她们归还所有贷款，也不赖账，

450　　而我们却说一堆谎来抵赖。

布勒皮洛斯：

　　波塞冬在上，甚至当着证人撒谎呢！

二 移交政权

克瑞墨斯：

> 说她们不告密、不起诉、不会
> 颠覆民主政权，他还说了许多好话，
> 在其他方面也对妇女们极尽美言。[1]

1　第三个发言人就是普拉克萨戈拉本人。她提议把政权移交妇女的理由如下：（1）妇女保守秘密；（2）妇女诚信可靠；（3）妇女维护民主政策，却又免去了民主制度中的恶习。这三大理由都是相对于男人的政治品质而言，即男人并不具备上述政治道德。可是，这三大理由与她在排练发言时说的完全不同，她隐去了妇女遵循旧制的首要特征，也未提及妇女善于欺骗的本性。为什么？

首先，在公民大会现场，倘若一再强调保守的美德，那就根本不可能有"女人当政"一说，因为这是前所未有的"新鲜事"，最革新的内容不能以最守旧的理由作支撑。

其次，倘若女人比男人更擅长骗术，那就根本不值得信任，如何放心移交政权给她们呢？

所以，普拉克萨戈拉的措辞有了变化，这不得不说是她的个人机智。她在现场给出的理由，抓住了男性恶

布勒皮洛斯：

455　　最后决议是什么？

劣的政治品性，让女人的政治能力脱颖而出。可排练发言时，普拉克萨戈拉又为什么要提及古制呢？

　　发动政变是一件多么危险的政治活动，何况要发动一群对政治毫无经验的人。整个开场都在为这场政变做准备。根据开场的对话，我们只知道，妇女们是在"地母节"制定了计划。根据妇女们在排演时的表现，我们可以推测，妇女当中，除了普拉克萨戈拉，其他人对政治一窍不通。她们不仅不知道如何在公共场所发言，甚至根本不关心城邦的安危。她们心里只有生活琐事。因此，很有可能，发动政变仅是普拉克萨戈拉一人的主意，她在"地母节"和盘托出计划，要所有人竭力准备。然而，"地母节"的宗教性质尽管可以联合众人，但未必能够确保计划顺利实现。因此，排演不仅必要，而且必须，也算是普拉克萨戈拉对所有妇女做的最后一次动员。所以，在她排练发言时，才痛心疾首地剖析城邦目前的内忧外患，历数妇女的优良品德，以确保所有人积极响应和参与。

二　移交政权

克瑞墨斯：

　　　　　　　把城邦交给

妇女。这样的事在城邦

真是前所未有。[1]

布勒皮洛斯：

　　　　　　决定了吗？

克瑞墨斯：

　　　　　　　　　是的！

布勒皮洛斯：

过去由男人关心的一切都

交给了女人？

克瑞墨斯：

　　　　　　确实如此！

布勒皮洛斯：

出席陪审团的也不会是我，而是我的妻子？　　　*460*

1　很可能，公民大会通过了普拉克萨戈拉的提案，不是因为女性多么有德，而是因为女性当政是破天荒头一次，是城邦之前从未有过的大变革。

克瑞墨斯：

养家糊口的也不会是你，而是你的妻子！

布勒皮洛斯：

早上起来抱怨也不再是我的事？

克瑞墨斯：

是的！宙斯在上，这些都已是妇女关心的事，你只能留在家里，发发牢骚，放放臭屁！

布勒皮洛斯：

465　有件事对我俩这把年纪的人来说很恐怖：

她们一旦接过了城邦的缰绳，

定会强迫我们……[1]

1　在布勒皮洛斯心里，失去政权并不恐怖，恐怖的是以政治手段强制夫妻生活，他担心自己力不从心。其实，在新政的具体内容公布前，并没有任何征兆显示新政的性质，为什么布勒皮洛斯会认为女人当政就意味着强制呢？

布勒皮洛斯如此担心，很可能是因为，他原本年老力衰，但旧制却保证了他体面地娶得娇妻。可他的身体

二　移交政权

克瑞墨斯：

> 做什么？

布勒皮洛斯：

> 跟她们做运动。

克瑞墨斯：

> 要是我们不行呢？

布勒皮洛斯：

> 就不给早饭吃。

克瑞墨斯：

> 宙斯在上，那你就做吧：一边吃早饭一边做运动。　　　*470*

布勒皮洛斯：

> 强迫的！真可怕！

情况显然无法满足妻子，所以他一旦发现妻子失踪，就认为妻子是去偷情了（第323-326行，第338行）。倘若城邦易主，女人当政，他担心会遭到妻子的报复，从而导致他失去旧制下的性优势。他的担忧从反面凸显了新政的指向，为"共妻制"的实质埋下了伏笔。

克瑞墨斯：

$\qquad$ 如果这对城邦

有利，就是每个男人应尽的义务。

布勒皮洛斯：

有句老话说得好：

"我们又蠢又傻的决定

475　都会成为对我们更有利的东西"！

克瑞墨斯：

但愿有利，尊敬的帕拉斯女神和诸神啊！

我要走了，你保重！

布勒皮洛斯：

$\qquad$ 你也保重，克瑞墨斯！

（二人各自回家，歌队上）

功成而退

歌队长：

进来，前进！

有人跟踪我们吗？

480　你转身查看一下，

二　移交政权

安全地守护自己，坏人太多！

当心有人从后面监视我们的行踪。

甲半队：

尽量把地踏得咚咚响！

我们的行动若被丈夫们逮个正着，

会给所有人带来耻辱，让我们蒙羞。　　　　　　　*485*

把你的衣服束在腰上，

看看四围，这里和那里，

还有右边，免得我们的行动变成一场灾难！[1]

我们加快脚步，离那个地方已经很近了，

早晨我们就是从那里出发去公民大会的。　　　　*490*

来看看这座房子，我们的女将军

就是在这里策划了我们的行动，

公民们现在已投票通过了。

乙半队：

我们别再拖延，别再戴着胡须等待，

以免有人发现并告发我们。　　　　　　　　　　*495*

1　"这里和那里"，指观众席；"右边"，指乙半队。

你站到这里来,

墙边的阴影下,[1]

瞄着旁边,

换件衣服,变回之前的样子。

500　不要拖延,我们看见我们的女将军

正从公民大会回来。扯掉

下巴上所有令人讨厌的山羊须,

我们扮作这个样子已经太久。

---

1 "阴影",普拉克萨戈拉家的墙边。

二　移交政权

第　二　场

(普拉克萨戈拉上,依然男装打扮)

大获全胜

普拉克萨戈拉：

姐妹们，我们策划的行动

大获成功。 505

在男人看见之前，

你们尽快脱掉外衣，让毡鞋离开双脚，

松开你们系紧的拉科尼亚鞋带，

手杖也扔了！

(向歌队长)

你把她们安排好，我想 510

悄悄溜进去，在丈夫看见我之前，

把外袍放回我拿走它的地方。

歌队长：

你吩咐的一切都已完成，

教给我们其他事情吧，

515　　我们会做对你有利的事，直接服从你！

我知道我们没有交往过比你更厉害的人！

普拉克萨戈拉：

那就留下来，有了你们这些谋士，

我好运用刚刚被赋予的权力。你们已经

在喧闹和危险中对我展示了男子气！[1]

（歌队退至一旁）

夫妻对峙

（普拉克萨戈拉准备进屋，碰到布勒皮洛斯从屋里走出）

布勒皮洛斯：

520　　喂，普拉克萨戈拉，你从哪里回来？

普拉克萨戈拉：

　　　　　　　　　　　　亲爱的，

有你什么事儿？

1　她们刚才在公民大会上支持她，为她喝彩、投票。

二　移交政权

布勒皮洛斯：

      有我什么事儿？多么愚蠢！

普拉克萨戈拉：

你不会真以为我从一个情人那儿回来吧？

布勒皮洛斯：

          或许

不是一个吧！

普拉克萨戈拉：

     你可以自己验验！

布勒皮洛斯：

怎么验？

普拉克萨戈拉：

    闻闻我的头发是不是抹了香膏？

布勒皮洛斯：

什么？女人没抹香膏就不会做爱？   525

普拉克萨戈拉：

当然不会！我真可怜啊！

布勒皮洛斯：

     你怎么天刚亮

就偷偷走了,还拿走我的外袍?

普拉克萨戈拉:

有个女人,我的同伴和朋友,

半夜临盆,她派人来叫我。

布勒皮洛斯:

为什么不跟我

530　说一声再走?

普拉克萨戈拉:

夫君,你就毫不关心

正在分娩的产妇?

布勒皮洛斯:

那也得先告诉我。

否则定有什么丑事!

普拉克萨戈拉:

没有!两位女神在上,

我穿成这样就去了:那个

派来叫我的女孩要我务必去。

布勒皮洛斯:

535　那你不是应该穿自己的外袍?

二　移交政权

你穿走我的，扔下裙子

就走了，把我留下，像个死人那样躺着，

只差没戴花冠，没摆油瓶罢了。

普拉克萨戈拉：

天冷，我身子娇弱，

为了暖和才裹了你的外袍。　　　　　　　　　540

我却把你留下，让你躺在温暖

和被窝中。夫君！

布勒皮洛斯：

　　　　　　我的拉科尼亚鞋

为什么也跟你走了，还有手杖？

普拉克萨戈拉：

为了保护外袍啊，

我得模仿你，用脚踏得咚咚响，　　　　　　545

用手杖狠敲石子路。[1]

布勒皮洛斯：

你知道你糟蹋了六斗麦子？

---

1 "保护外袍"，因为半夜会有人抢衣服。

我从公民大会回来就该领到的![1]

普拉克萨戈拉：

别担心，她生了个男孩。[2]

布勒皮洛斯：

550   公民大会？

---

1 "六斗麦子"，三块钱可以买六斗麦子；"该领到的"，他没有去参加公民大会，所有没有领到钱买粮食。

布勒皮洛斯一直在盘问妻子的去向，先问他的外袍，又问他的鞋和手杖，他一步一步质疑妻子的谎言。但是，联想到克瑞墨斯说起的情况，既然所有妇女集体失踪，公民大会又来了一大群白脸人，布勒皮洛斯很容易猜出妻子的行踪。只是，他没有拆穿她，他只是责备她，她玩失踪使他损失了一些口粮。他并没有追问情人是谁，他甚至已经猜出了妻子的革命，他不说，是因为他已经知道，妻子不再是过去的妻子，妻子即将成为自己的政治领导，但他目前没有猜到的是，妻子不仅即将领导他，还会领导整个城邦。

2 男孩长大以后也可以参加公民大会，领津贴。

二 移交政权

普拉克萨戈拉：

    不！宙斯在上，我帮的那个女人！

公民大会召开了？

布勒皮洛斯：

    是的！宙斯在上，你不知道？

我昨天告诉过你。

普拉克萨戈拉：

    我刚想起来。

布勒皮洛斯：

你不知道决议吧？

普拉克萨戈拉：

    宙斯在上，我不知道！

布勒皮洛斯：

那就坐下，嚼点墨鱼！

他们说，把城邦交给了你们！   *555*

普拉克萨戈拉：

做什么？纺织吗？

布勒皮洛斯：

    不！宙斯在上，是统治。

普拉克萨戈拉：

　　　　　　　　　　　　统治什么？

布勒皮洛斯：

　　城邦的一切事务。

　　（克瑞墨斯从屋里走出）

普拉克萨戈拉：

　　阿芙洛狄忒在上,城邦

　　以后有福了。

布勒皮洛斯：

　　　　　为什么这么说？

普拉克萨戈拉：

　　　　　　　　　有许多理由！

560　以后不会有人再大胆地去做

　　令人蒙羞之事,也没地儿去作证,

　　不会去告密……[1]

---

[1] 普拉克萨戈拉还未说完就被丈夫打断。

二　移交政权

布勒皮洛斯：

　　　　　别当着诸神

这么做，别抢走我的生活！

克瑞墨斯：

好人，让你妻子说！

普拉克萨戈拉：

不会去偷盗，不会嫉妒旁人，　　　　　　　　　　*565*

没有赤身裸体、没有贫穷，

不会去诽谤、不会去扣押……[1]

1　普拉克萨戈拉仅凭丈夫一句话就说出了城邦易主有福，这着实让人吃惊，除非她参与了这场政变，甚至非常清楚新政的内容。她的话让她先前编织的谎言不攻自破，但丈夫和克瑞墨斯并未拆穿她，而是让她详细说出妇女当政的好处。

普拉克萨戈拉得到鼓励，提出了自己的看法，她认为女性当政有如下好处：（1）会为政治生活引入羞耻，取消告密制；（2）会消灭现有的犯罪或不道德的行为；（3）会消灭贫穷。换言之，女性当政不仅能够恢复城邦

克瑞墨斯：

波塞冬在上，她若没说谎，就太伟大了。

普拉克萨戈拉：

（向克瑞墨斯）

我会证明这些话，你可以为我作证，

（指着丈夫）

570 他也就不会反驳我。

的秩序，还会把所有人都改造好，使城邦进入理想的生活状态。普拉克萨戈拉的言论似乎在清晰地展示自己的政治理想和规划。她的话逐渐表明她的真实身份，她不仅参与了这场政变，还是整个事件的策划人。她将为她的行为和政策作出解释和证明。

三　实施新政

[题解]进入讨论前,歌队鼓励普拉克萨戈拉运用自己的智慧和修辞给城邦展示新的方案,布勒皮洛斯也用观众就爱革故鼎新的德性来取消她的顾虑,普拉克萨戈拉便开始当众宣布新的政令(第570-587行)。

第一条政令:财产共有。所有人不论出身,均分一切财富,城邦不再有贫富区分,所有人将过上一种共同的生活。普拉克萨戈拉将把一切私产充公,妇女们将利用公共财产来供养男人,无人再出于贫穷而劳作(第588-610行)。

第二条政令:妇女共有。女人也将变成公共财产,男人可以免费享用一切女人,而女人则可按照心愿随意与男人睡觉。但与平均财富不同,女人因年龄和样貌差异而无法均分给所有人,男人都喜欢娇艳欲滴的女青年,这意味着所有年老色衰者（无论男女）都无法享有平等权利。普拉克萨戈拉于是补充一条，所有年轻情侣见面前，必须优先满足年老者和丑陋者的需求（第611－634行）。

第三条政令：子女共有。所有年轻人都将把老一辈人认作自己的父亲，如此便可避免虐待老人或弑父事件（第635－650行）。

布勒皮洛斯怀疑，财产共有后无人耕种和编织，他将缺衣少食，普拉克萨戈拉告诉他，奴隶可以耕种，妇女可以编织。此后不再有借贷和赔偿，无人会偷盗、抢劫和赌博，不再有诉讼，城邦一片安宁祥和，所有人同吃同住，像在一个大家庭一样共同生活。她的方案令布勒皮洛斯非常满意。于是，普拉克萨戈拉打算立即去市场接受上交的财物、安排公餐，让大家从今天开始大饱口福。以后，她还打算禁止女奴卖淫，让所有自由女性更好地享用男青年，普拉克萨戈拉的方案彻底征服了布勒皮洛斯和克瑞墨斯（第651－729行）。

普拉克萨戈拉在解释新方案时似乎在描述

三 实施新政

一种社会构想，但用了非常坚定的语气（"我要给""我要把""我会把""我会在""我就得""我还要""我打算"，参第594、597、514、673、676、677、681、682、711、713、715、718行），听上去更像是在颁布政令。这些方案其实并没有通过公民大会的合法决议，但倘若城邦已经移交政权，且她已当选为女将军（第246、491、500、726、835、870行），那她就是城邦唯一实存的统治者和立法者，她的方案自然成了毋庸置疑的法令。

《公民大会妇女》和《财神》在结构上都取消了"插曲"和"对驳"，这两个部分是旧谐剧最典型的特征。与《财神》相比，"对驳"在《公民大会妇女》中表现得更为弱化，因为"对驳"原本是歌队分成两个半队，就剧本的主题进行辩论，《公民大会妇女》中的辩论却换成了夫妻俩比较平和的讨论。布勒皮洛斯并未就"妇女该不该当政"或"新政合不合法"提出驳斥，因为无论他同意与否，妇女已然当政，他只能对新法内容提出质疑，并希望得到合理解释而已，他因为内急已错失站在普拉克萨戈拉对立面对其方案进行反驳的时机。所以，我们可以说，《公民大会妇女》中没有"对驳"。

至于"插曲"，阿里斯托芬的前九个剧本都设置了这个部分，但也是一个逐渐弱化的过程。从《阿卡奈人》到《和平》前五个剧本，插曲的内容都包含了两个部分：一是对城邦和邦民提出建议；二是对诗人本人的遭遇做出评述。但从《鸟》到《地母节妇女》后四个剧本，插曲不再涉及诗人自己。直到《公民大会妇女》，插曲完全消失。

三　实施新政

第 三 场

公布政令

歌队：

> 现如今，你当唤醒精明的神志和爱智的灵魂，
> 专心思考，捍卫你的朋友。
> 你舌头上的新主意
> 将给邦民带来幸运和荣耀，
> 给生活带来无尽的便利： 575
> 是时候展示它的能耐了，
> 我们的城邦需要某种聪明的新方案！
> 但这方案要独一无二，
> 之前没有做过，也没有说过：
> 因为观众讨厌陈词滥调！ 580

歌队长：

> 莫迟疑，行动起来，开动脑筋！
> 行动越快越能得到观众最多的喜爱。

普拉克萨戈拉：

我相信我会教给他们一个有用的方案。

但观众是否愿意革新，他们惯于

585　　在成规陋习中度日，我对此十分担忧。[1]

布勒皮洛斯：

关于革新，你不必担忧：因为，

革故鼎新、蔑视因循，正是我们另一种德性。

财产共有

普拉克萨戈拉：

（面向观众）

现在，你们不要反驳、不要打断我发言，

1　普拉克萨戈拉的计划已经大获全胜，城邦也已经同意移交政权，公民大会是合法召开的，大家都投票通过了她的提案，普拉克萨戈拉根本不用担心观众对"女性当政"这一创举的接受，也就是观众已默许了她的成功。此时，她的犹豫只能暗示，她即将公布的新政会比"女性当政"走得更远，更加"前所未有"。

三　实施新政

要先理解我的方案，倾听我的解释。我认为：
应共享一切财富，人人从中平分一份　　　　　　　　*590*
过活，而不是让一些人富，一些人穷。
不是让一些人耕地千顷，另一些人无地葬身。
不是让一些人奴仆成群，另一些人无一随从。
我要给所有人创造一种共同的、同样的生活！

布勒皮洛斯：

怎样才是所有人共同的生活呢？　　　　　　　　　*595*

普拉克萨戈拉：

你会比我先吃到粪便。[1]

布勒皮洛斯：

　　　　　　　　我们要共享粪便？

普拉克萨戈拉：

　　　　　　　　　　　　不！

宙斯在上，你太早打断我了！
我正想说这一点：首先，我要把

1　意思是，你总是很着急，哪怕吃屎也要抢在我前面。

土地、银子和个人拥有的一切变成公共财产；
然后，我们将用这些公共财产养活你们，

600　　并运用我们的智慧，勤俭、持家。[1]

布勒皮洛斯：

我们中有人没有一寸土地，却有很多金币、
银币和见不得人的财宝，对这种人怎么办？

普拉克萨戈拉：

　　　　　　　　　　　　　　　　他
得上交公库。

布勒皮洛斯：

他若不交还发假誓呢？他正是靠此发家的。

普拉克萨戈拉：

这些财物对他毫无用处。

布勒皮洛斯：

　　　　　　　　为什么？

普拉克萨戈拉：

605　　不再有人因贫穷而做事，所有人应有尽有：

1　"我们"指妇女；"你们"指男人。

三　实施新政

小麦饼、鱼、大麦粑、衣、酒、花冠、豌豆，

不上交又有什么好处？你证明看看。

布勒皮洛斯：

如今，拥有这些的人不正是更大的盗贼？

普拉克萨戈拉：

那是以前，伙计！那时我们用的是旧法，

现在是共同生活，不上交又有什么好处？[1]　　　　610

1　新政的首要任务是修改经济制度，一切私有财产都要充公，平均分配，如此即可取消贫穷和经济方面的犯罪。这条政令肯定会让穷人欢喜，但会有两个隐患：一是富人拒绝上交私产；二是所有人将不事劳作。长此以往，要么城邦整体贫弱，落入他国之手，要么邦民好吃懒做，滋生事端。

阿里斯托芬在这里没有深究平均财富的可能性以及会引发的问题，他把这个讨论放到了《财神》中，尤其把平均财富的后果放到了"穷神"口中。按照穷神的观点，倘若人人富有，就不再有辛勤劳作的动机，更谈不上为共同利益服务的意愿，人总是出于匮乏而追求财

妇女共有

布勒皮洛斯：

如果看到一个少女，欲火中烧，想玩她，

送她礼物，与她睡觉也是在共享公共财物。

普拉克萨戈拉：

他可以免费睡她。

我会把女人变成公共财产，按她自己的意愿

与男人睡觉和生育。

布勒皮洛斯：

不是所有女人都正值

青春，男人却都找她们来配，怎么办？

普拉克萨戈拉：

丑女人、塌鼻子女人与圣洁之女并肩而坐，

他若渴望后者，就要先顶撞丑女。

富，也就是普通人首要关注的依然是个人的需求。平均财富不仅会让人丧失劳动意愿，也会丧失追求智慧和技术的动力，平均财富之后，会导致人身上那些高贵和美好的东西毁灭。

三 实施新政

布勒皮洛斯：

我们这把年纪的怎么办？若与丑女在一起，

在到达美女那儿之前，如何不让阳物枯竭？ 620

普拉克萨戈拉：

她们不会为了你打架！鼓起勇气，别担心！

布勒皮洛斯：

不会打架？

为了什么？

普拉克萨戈拉：

为了和你睡觉！因为你情况就那样！[1]

布勒皮洛斯：

这只是属于你们的法令，因它首先考虑的是

没有女人的洞是空着的。可男人的法令呢？

女人们会躲开丑男人，走向美男子。 625

普拉克萨戈拉：

丑男人会尾随离席的美男子，

在公共场所监督他们：因为女人

---

[1] 普拉克萨戈拉讽刺布勒皮洛斯年老力竭。

委身丑男人和矮小男人之前，

禁止与美男子和高大男人睡觉。

布勒皮洛斯：

630　　吕西克剌忒斯的鼻子会翘得跟美男一样！[1]

普拉克萨戈拉：

阿波罗在上，这条法令很民主。而且，这对那些穿华服，戴印章戒指的人来说也很可笑，因为穿毡鞋的人会先说："一边守着去！我完事儿后再交给你玩！"[2]

1　"吕西克剌忒斯"，身材矮小、翘鼻子、灰头发，还可能是个小偷。

2　按照新法，穷人有优先发言的权利。

如果财产共有是出于"平等"原则，那么妇女共有就无法"平等"了，因为妇女年龄不一，美丑不同，这种自然的不平等无法用法律的平等抹平，势必会引发矛盾。因此，普拉克萨戈拉立即取消了平等原则，采用优先原则为法令做出修订，即让所有的老女人和丑女人优先得到照顾。如此偏向当然会引起布勒皮洛斯的不满，

三　实施新政

因为这条法令丝毫不考虑男人尤其老男人的情况。普拉克萨戈拉只好再次补充说,年轻女人也必须优先满足丑男和老男人的需求。布勒皮洛斯没有再说什么,这条法令实际操作如何并不能通过法案的修订来展示,人的自然条件是否可以由法律来支配有待检验,这留给了剧本的最后一部分。

普拉克萨戈拉总结说,这条法令非常民主。原因在于,法律最终照顾了穷人、丑人和老年人这些弱势群体,通过性平等取消了阶层的对立和划分,甚至通过强制手段取消了自然选择,从而实现了绝对平等。

她的这种想法与其夺权的初衷一致,因为城邦最大的不平等就在于男人当权。在她看来,男人当权的弊端在于男人缺乏优秀的政治品格,应该把权力让给天生就有政治智慧的女人,也就是自然的优势应当与政治优势匹配,但她忽略了自然优势也有差异,不是每个女人都有智慧,正如不是每个女人都貌美。政治权力最终只会集中在有政治能力的女人手里。

其次,普拉克萨戈拉还忽略了一点,夺权之所以能够成功,民主制本身是一个前提,允许女人当政只能发

子女共有

布勒皮洛斯：

635　如果我们这样生活，自己的孩子

怎能认得出？

普拉克萨戈拉：

为什么要认出？他们将根据年龄

把所有老人都认作自己的父亲。

布勒皮洛斯：

那他们会因无知而顺利地掐死所有老人，

现如今，他们知道父亲是谁仍会掐死他们。

640　到时认不出来咋办？怎不会对他们拉屎？[1]

普拉克萨戈拉：

他旁边的人不会容许：过去，他一点不关心

生在民主制中，之前的民主制不是不民主，而是没有实现绝对平等，她要把民主制推向绝对的平等制，可实际的结果不仅没有实现绝对平等，反而走向了权力的集中和偏斜。

1　"无知"，即不知情，认不出自己的父亲是谁。

三 实施新政

别人被打的事;现在,一听到这事就害怕,担心被打的是那人,就会与打人者干一架![1]

布勒皮洛斯:

你说的不蠢!要是埃庇库罗斯或琉科罗福斯走来叫我爸爸,我将听到一件恐怖的事。[2]

克瑞墨斯:

还有一件更恐怖……

布勒皮洛斯:

什么?

克瑞墨斯:

如果阿里斯堤洛斯要吻你,说你是他父亲。[3]

布勒皮洛斯:

我就叫他去死!

---

1 "那人",自己的父亲。

2 "埃庇库罗斯或琉科罗福斯",这两人的名声都不好。

3 "阿里斯堤洛斯",是个色鬼、滥交者。

克瑞墨斯：

> 那你闻起来也是一股薄荷味儿！[1]

普拉克萨戈拉：

> 但他出生在我们的法令生成之前，
>
> 所以你不用担心他会吻你！[2]

650

---

1 "薄荷"，双关，该词后半部分刚好是"粪便"的意思。

2 普拉克萨戈拉的逻辑是，财产共有，女人也是财产的一部分，因此女人也应该共有，小家庭随之废除，城邦变成一个大家庭，结果必然要求孩子共有。普拉克萨戈拉想以此阻止孩子打父亲的事件发生，但她忽略了另一点，男人之间只有父亲和孩子两种身份的区分，可是女人和男人之间却没有任何伦理身份的区分，这就意味着，所有女人也可能被自己的孩子共享，孩子共有的结果一定会走向乱伦。家庭的消失会导致城邦的结构消失，城邦会面临更大的危机。

从这一点来说，普拉克萨戈拉的新政比庇斯忒泰洛斯的计划走得更远，"云中鹁鸪国"建立以后，有个逆子想移民到鸟国，他以为鸟国有允许"掐爸爸、咬爸

三　实施新政

消灭犯罪

布勒皮洛斯：

　　我确实遇到了一件恐怖的事！

谁将成为耕种土地的人？[1]

爸"的法律，被庇斯忒泰洛斯劝退，建议他把好战的性情发挥到色雷斯的战场上去，因为鸟国信奉着"赡养老父"的古训。参《鸟》第1340–1371行。

1　布勒皮洛斯似乎没有意识到共妻和共子会带来的严重后果，他又回到了财产问题。财富共有之后，将不再有人因缺钱而劳作。他比较担心，有了钱以后，没有人耕种，大家都会饿死。普拉克萨戈拉说，奴隶会承担一切农事。

这一幕让人想起克瑞穆罗斯在《财神》中的主张。克瑞穆罗斯提议赶走穷神，取消贫穷，让全希腊实现财富共有。他与穷神论辩时，穷神对此提出质疑，倘若世间不再有贫穷，也就不再有劳作和物品，因为人人有钱后就不需要生产了。克瑞穆罗斯说，所有劳动依然由奴隶和侍从分担。穷神追问，人人富裕之后哪里还需要买

普拉克萨戈拉：

奴隶！你只需关心自己。

当日影十尺长的时候，抹了油就去吃饭。[1]

布勒皮洛斯：

有关衣服，有什么办法？这也得问问！

普拉克萨戈拉：

先穿你们有的，其他的我们再织。

卖奴隶呢？换言之，财富共有之后，原有的社会结构会发生巨大的变化，奴隶制也将消失，从事农耕的只能是自己。参《财神》第510—526行。

与布勒皮洛斯忽略共妻共子的后果一样，他也忽略了财富共有对奴隶身份的影响，他甚至没有反思财富共有之后社会结构的变化。但是，我们的谐剧诗人不同，他直接用另一部戏来详细展示平均财富、取消贫穷的不可能性。从这个意义上讲，《财神》与《公民大会妇女》确实是姊妹篇。

1 "日影十尺长"，一早或一晚。

三　实施新政

布勒皮洛斯：

还要问一个，如果执政官判债务人赔偿，　　　655

他该怎么还？从公共财产支出？这不公平！

普拉克萨戈拉：

首先，不会再有诉讼了。

布勒皮洛斯：

　　　　　　　这话会毁了你。[1]

克瑞墨斯：

我同意你的观点。

普拉克萨戈拉：

　　　　　　亲爱的，为什么要有诉讼呢？

布勒皮洛斯：

有许多理由！阿波罗在上，首先一个，

债务人多半会赖账。

普拉克萨戈拉：

　　　　　　债权人从哪里借钱给他？　　660

既然一切都是公共的。他明摆着就是盗贼。

1　雅典盛行好讼之风，取消法庭将不可想象。

克瑞墨斯：

德墨忒耳在上，你教训得好！

布勒皮洛斯：

给我解释下这个：

打人者因酒后冒犯他人被判赔偿，怎么办？

我觉得这个问题会让你不知所措！

普拉克萨戈拉：

665　　从他吃的麦粑中扣！若有人拿走他的麦粑，

他就不会随便出手打人，挨饿受罚！

布勒皮洛斯：

不会再有小偷了吧？

普拉克萨戈拉：

干吗要偷？既然他也有

一份！

布勒皮洛斯：

夜间也不会有人扒衣服？

普拉克萨戈拉：

不会，要是你睡在家里。

你睡在家门口也不会：大家都有生活必需品。

三　实施新政

要是有人想扒，就给他！何必跟他打架？　　670
去公库另领一件比这更好的。

布勒皮洛斯：

人们也不再掷骰子了？

普拉克萨戈拉：

为了什么掷骰子呢？[1]

公共生活

布勒皮洛斯：

你会创造一种怎样的生活方式？

普拉克萨戈拉：

一切公有！我要把城市变成

1　普拉克萨戈拉认为，财富共有之后，诉讼制就没有必要存在，因为财产共有就不会涉及财务纠纷。布勒皮洛斯接着询问，即便没了财务纠纷，不等于没有故意伤人的情况，普拉克萨戈拉提出用饿肚子来替换罚金。普拉克萨戈拉还指出，财产共有后，一切与金钱相关的犯罪和恶习都可以根除。

一座大房子，大家共住一堂，人人可以

675　　进入彼此的家。

布勒皮洛斯：

你会在哪儿摆放饭食？

普拉克萨戈拉：

我要把法庭和谷仓变成所有人吃饭的地方。

布勒皮洛斯：

讲台对你有什么用？

普拉克萨戈拉：

我会在那儿放调酒缸

和水壶，让男孩在那儿朗诵

战争中的英雄事迹，以及某人当懦夫的事，

680　　好让羞愧的人不去吃饭。[1]

布勒皮洛斯：

阿波罗在上，是个好主意！

你会在哪儿抽签？

1　英雄事迹让懦夫自惭形秽，不好意思去吃公餐。

三 实施新政

普拉克萨戈拉:

我会把它设在市场。

我会站在哈摩狄奥斯雕像旁给所有人抽签。

抽到的人高兴地到相应字母的地方去吃饭。

传令官会宣布:"抽到 *B* 的人,请跟去

国王拱廊吃饭;抽到 *Θ* 的人,请跟去旁边;   685

抽到 *K* 的人,请跟去卖大麦的地方。"[1]

布勒皮洛斯:

去吞大麦?[2]

普拉克萨戈拉:

不!宙斯在上,去那儿吃饭!

布勒皮洛斯:

没抽到字母的人

---

1 "国王"Basileios,皇家的、国王的;"国王拱廊"在市场西北角,是第二执政官,即国王执政官的办公场所,执掌宗教事务;"旁边",可能是指国王拱廊旁边的一个拱廊,拱廊两边装饰着忒修斯的壁画。

2 "吞"的首字母为 *K*。

不知道在哪儿吃饭,会被所有人赶出去吗?

普拉克萨戈拉:

690 不会有这样的事:

我们会为大家准备一切丰盛的食物,

好让大家开怀畅饮,然后

头戴花冠、手持火把回家。

妇女们则在路上扑寻离席的男人。

695 她们会这样说:"到我们这里来,

一个妙龄少女在这儿!"

"还是到这里来吧",

另一个楼上的人会说,

"这儿有个最漂亮最白净的姑娘,

700 但你在睡她之前得

先同我睡觉!"

702a 丑男人会尾随俊男

702b 和靓仔,

他们会这样说:"你跑哪儿去?

你去了也什么都做不了:

705 因为得首先与塌鼻子男人和丑男人

三　实施新政

做爱！

你就暂时握着

你那一年结两次果的无花果叶

在大门口自己解决吧！"

现在且对我说说，你俩满意了吧？[1]

---

[1] "无花果树"指阴茎，"无花果"指睾丸，"无花果叶"指包皮。

　　普拉克萨戈拉先是取消了诉讼制，然后替换了抽签制。抽签原本是为了选出城邦事务的管理者，但现在成了分配饭食的制度。普拉克萨戈拉的操作无疑是让陪审制和抽签制失去了原有的作用。诉讼和抽签原本是雅典民主制的最大特征，倘若这两样无效，意味着民主制也将面临取缔。但普拉克萨戈拉不知道，她这样做其实犯下了颠覆国家政权的重罪。

　　这一幕在《财神》中得以完整呈现。财神恢复视力以后，一个告密人来找财神算账，指控财神剥夺了他的财产，刚好碰到一个正义之人来感谢财神让他恢复了经济实力，俩人就"该不该进入人人富裕的理想生活"进行了一番辩论。告密人认为，人人富裕的生活其实是无

布勒皮洛斯：

> 非常满意！

普拉克萨戈拉：

> 既然如此，我就得去市场
> 接收那些要上交的财物，
> 我还要带上一个嗓音洪亮的女传令官。
> 我必须尽义务，她们选了我

所事事、懒懒散散的生活，他拒绝进入；而正义之人则认为，人人富裕的生活是丰衣足食、互不干涉的生活，值得进入。

"互不干涉"即各自管好自己，不侵犯、不介入他人生活，而告密人的职业性质恰好是把"告发"（诉讼）作为一种谋生之道，事事介入，处处干预，实际上是滥用诉讼、多管闲事的生活。财神恢复视力以后，告密人无处生存，因为人人富裕后没有了纷争，城邦不再需要法庭和执法者，城邦内部甚至也不再需要统治，即最终不再需要民主制度。所以，告密人最后指控财神犯下了颠覆国家政权的重罪。另参《财神》第850–950行。

三 实施新政

执政,我得去安排公餐,   715

今天就让你们大饱口福第一顿。

布勒皮洛斯:

今天就要大饱口福吗?

普拉克萨戈拉:

是的!

接下来,我打算终止卖淫,

所有的。

布勒皮洛斯:

为什么?

普拉克萨戈拉:

显而易见!

为了让妇女们享有男青年的鼎盛时光,   720

不让受统治的女奴偷走

自由妇女的爱神。

让她们拔光阴毛只穿一件

镶着羊皮边儿的粗料大氅同男奴隶睡觉![1]

---

[1] "妇女们",尤指自由妇女;"女奴",即妓女;"爱

布勒皮洛斯：

725　我且紧跟你身后，

好让大家注视我并对我说：

"你不钦佩女将军的丈夫吗？"

克瑞墨斯：

我要回去做做准备，清点一下我的财产，

好把我的家什都拿去市场。

（普拉克萨戈拉、布勒皮洛斯和克瑞墨斯下）

神"原文为阿芙洛狄忒的别称；"她们"指妓女；"粗料大氅"一般是奴隶才穿。

这条新法禁止女奴卖淫，实际是让"自由妇女"得利，她们借此可以与年轻男子合法通奸。

普拉克萨戈拉说完这段话之后，就赶去市场了。她接下来有三件事要做：一是接受上交的私产；二是安排公餐；三是给所有人抽签分配吃饭的地方。在这一幕之后，她再也没有上场，我们只是从其他人口中听说她的消息，她似乎完全消失了。普拉克萨戈拉的消失是否意味着新政其实只是一个昙花一现的理想而已。

四　上交私产

[题解] 克瑞墨斯与普拉克萨戈拉夫妻分手后，立即回家清点家产，准备如实上交，却遭到邻居丈夫的反对。丈夫不愿把个人的辛勤所得变为公共财产，认为不分青红皂白地服从法律简直是愚蠢至极。因为新法规定"交"，这有违礼法，雅典的传统是"拿"。克瑞墨斯并不理会。丈夫让他再等等，如果城邦出现自然灾害，也用不着上交，克瑞墨斯还是不听。丈夫最后举例说明，雅典人总是朝令夕改，新法不日也将面临取消。克瑞墨斯反驳说，丈夫说的情况都是旧制，现在是新政，女人掌权的法律不同往日（第730—833行）。

此时，传令官上场，招呼所有公民到市场上去，叫普拉克萨戈拉给他们抽签决定餐位，各种美食和美女都已准备就绪。听到这个消息,丈夫比克瑞墨斯还要激动,不等上交财产就要抢去赴宴,他打算想一个办法,既能保住私产,又能享用公餐(第834—876行)。

第 四 场

（克瑞墨斯从屋里走出，身后跟着几名仆人，手拿家什）

清点家当

克瑞墨斯：

美美地站到这里来，漂亮的筛子！　　　　　　　　730
我所有家什中，你第一个出门！
就像一个涂了粉顶篮子的姑娘，[1]
你为我颠了多少袋面粉！
拿凳子的姑娘在哪里？陶锅站到这里来！
宙斯在上，你真黑！吕西克拉忒斯该不会　　　　735
刚好拿了你煮药水染头发吧！
梳妆镜，你站到陶锅旁边，到这里来！

---

1 "顶篮子的姑娘"，尤其过乡村酒神节时，少女们会涂脂抹粉，头顶篮子参加游行。

拿水罐的,把水罐拿到那儿去!

琴师,你站到这儿来!

740　你经常大半夜用拂晓之曲

把我唤醒,叫我去参加公民大会。

拿钵钵的上前来,把蜂蜜装走!

橄榄树枝放近点儿!

三角锅和油瓶都拿出来!

745　杂七杂八的小陶件就都留下吧![1]

争论新法

(丈夫出,看着克瑞墨斯安排家什)

丈夫:

我也要上交吗?那我可就是个

倒霉蛋和没理智的人!

不!波塞冬在上,决不!我可先得

1　克瑞墨斯是个老实人。他之前听普拉克萨戈拉描述女人当政的好处时,并未像布勒皮洛斯那样提出质疑;相反,他认为新政非常"伟大"。

四　上交私产

反复验验、想想。

不能把我的汗水和节俭　　　　　　　　　　750

就这样一言不发地扔掉，

我要先对整个事情的来龙去脉探个究竟！

（向克瑞墨斯）

你要对这些小碗小盆干什么？

你把它们搬出来，

是要移民还是要拿去抵押？

克瑞墨斯：

　　　　　　　　　　都不是！　　　　　　755

丈夫：

那你为什么让它们排成这样？你不是

要给执政官希耶戎举行一场游行吧？[1]

克瑞墨斯：

不！宙斯在上，我打算把它们上交给城邦，

拿到市场上去，按照已经颁布的法律。

1　希耶戎身份不明，似乎是市场里的一个名人，但其职位不高。

丈夫：

760　　　你打算上交？

克瑞墨斯：

　　　　　　　当然！

丈夫：

　　　　　　　　　你真是个倒霉蛋！

守护神宙斯在上！

克瑞墨斯：

　　　　　为什么？

丈夫：

　　　　　　　　　为什么？很简单！

克瑞墨斯：

什么？难道我不应该服从法律？

丈夫：

哪种法律？可怜的家伙！

克瑞墨斯：

　　　　　　　　已经颁布的法律！

丈夫：

已经颁布的法律？你真是个蠢蛋！

四 上交私产

克瑞墨斯：

　　蠢蛋？

丈夫：

　　　　不是吗？你是所有蠢蛋中　　　　　　　　　765

最蠢的！

克瑞墨斯：

　　　　我服从法律就是蠢蛋？

丈夫：

聪明人有必要服从法律吗？[1]

克瑞墨斯：

当然！

1　丈夫认为克瑞墨斯的行为不能理解。首先，怎么会有人不保护自己的个人财产？他认为私有财产是自己的辛苦所得，没道理与没有为此付出过劳动的人一起分享；其次，他认为聪明人不应该服从法律，即聪明人可以凌驾于法律之上，也就是在他心里，法律是有待区分和检验的。但克瑞墨斯却认为应该无条件遵守所有法律，包括新法。

丈夫：

    真是愚蠢！

克瑞墨斯：

  那你不打算上交？

丈夫：

      我要观察一下，

先看看大多数人如何决定。

克瑞墨斯：

  除了准备交所有财产，

  还有什么别的决定？

丈夫：

       眼见为实！

克瑞墨斯：

  他们正在街上议论纷纷！

丈夫：

       他们会议论的！

克瑞墨斯：

  他们正在高喊："把财产交出去！"

四　上交私产

丈夫：

      他们会喊的！

克瑞墨斯：

你怀疑一切就死定了！

丈夫：

      他们会怀疑的！   775

克瑞墨斯：

但愿宙斯毁掉你！

丈夫：

    但愿他们毁掉……！[1]

你认为哪个有理智的人会交？

"交"不是祖传的习俗，"拿"才是

我们的礼法！宙斯在上，诸神就是这样做的。

你从雕像的手就可以看出：   780

无论何时，我们祈求他们给予好处，

他们都是站着的，伸出手，掌心朝上，

---

[1] 但愿宙斯毁掉自己或者新法律。

不是为了"给",而是为了"拿"。[1]

克瑞墨斯:

不幸的人啊,让我做有用的事吧!

785　这些东西要绑在一起。皮绳在哪儿?

丈夫:

你当真要交?

克瑞墨斯:

是的,宙斯在上!我还要把这个三脚锅和那个三脚锅捆在一起。

丈夫:

愚蠢的家伙!

不等着看看别人

---

[1] 丈夫认为,新法不应该遵守,因为新法与习俗矛盾。按照习俗,诸神都习惯了"获取"而非"给与",如果人的行为以诸神为据,那么人也应该学习"获取"而非"给与"。可是,克瑞墨斯似乎根本不在乎人与诸神的关系,他觉得人的行为应该首先服从法律,而非效法诸神。

四　上交私产

怎么做，到那个时候……

克瑞墨斯：

     做什么？

丈夫：

再等一等，拖一拖。　　　　　　　　　　　　　790

克瑞墨斯：

为什么？

丈夫：

   要是频繁发生地震

或者火灾，或者黄鼠狼过街，[1]

就会阻止他们搬东西进去，你这遭雷劈了的！

克瑞墨斯：

要是我发现那儿放不下我的家什，

我倒会感到开心。

丈夫：

    你还担心那儿找不到地方？　795

鼓起勇气，放吧，就是明年去也有地儿！

---

1 "火灾"来自雷电，被视为不祥。

克瑞墨斯：

什么意思？

丈夫：

我知道这些人，他们举手表决得很快，反过来又否认他们之前做出的决议！[1]

克瑞墨斯：

可他们都会交呀，朋友！

丈夫：

他们若不搬，怎么办？

克瑞墨斯：

800　别担心，他们会搬的！

丈夫：

他们若不搬，怎么办？

1　丈夫提醒克瑞墨斯，即便要做守法的公民，也不要急着执行，因为雅典的法律总是朝令夕改，他似乎比克瑞墨斯更了解雅典人反复无常的习性。

四　上交私产

克瑞墨斯：

　　我们就揍他们。

丈夫：

　　　　　　要是他们力气更大，怎么办？

克瑞墨斯：

　　我就把东西留下，走人！

丈夫：

　　　　　　要是他们把东西卖了，

怎么办？

克瑞墨斯：

　　你去死吧！

丈夫：

　　　　　我要是去死，怎么办？

克瑞墨斯：

　　干得漂亮！

丈夫：

　　　　　你还是一心想交？

克瑞墨斯:

805 是的！我看我的邻居们

都在交。

丈夫:

是的！连安提斯忒涅斯

都在交：他最好提前

三十多天就大便！[1]

克瑞墨斯:

你真该死！

丈夫:

那个歌队教练卡里马科斯，

810 也要交吗？

克瑞墨斯:

他比卡里阿斯更富裕。[2]

---

1 "安提斯忒涅斯"首次出现在第366行，讽刺他因便秘而肚子疼。如果他提前三十多天就大便，再让他交出财产，他的肚子就不那么疼了。

2 "卡里阿斯"从父亲那里继承了一大笔遗产，但

四　上交私产

丈夫：

那个人将抛弃他的财产！

克瑞墨斯：

你说了件可怕的事！

丈夫：

什么可怕的事？你没看见我们的法令往往怎么生成？

你不记得颁布的那条与食盐有关的法令？[1]

克瑞墨斯：

记得！

丈夫：

那条有关铜币的法令呢？我们当时怎样投票决议的，你不记得了？　　815

克瑞墨斯：

记得！而且

他是个奢侈的浪荡子，在本剧上演前就已经把全部家产都挥霍完了，因而并无多少钱可以上交。

1　可能是降低食盐价格的法令。

那条货币法令对我来说是件坏事。我把葡萄卖了，满嘴塞满铜钱，然后去市场上买大麦。我刚把袋子解开，

820　传令官就喊："任何人不准收铜币，只有银币可以用！"[1]

丈夫：

最近，我们不是全都发誓同意，
按四十分之一的税率给城邦
交纳五百塔兰同税，即欧里庇得斯

825　提出的这条法令吗？
所有人都给欧里庇得斯包上了一层金箔！[2]
但最后细查才发现，
这只是陈词滥调，法令毫无用处，
所有人又给欧里庇得斯全身涂满沥青。[3]

1　"满嘴塞满铜钱"，雅典人习惯把钱币含在嘴里。

2　"四十分之一的税率"，四十抽一的税，即百分之二点五；"包上了一层金箔"，意为"大肆赞扬他"。

3　"陈词滥调"，谚语，原文为"宙斯之子科林托

四　上交私产

克瑞墨斯：

不是这回事了，朋友！以前是我们统治，　　830

现在是妇女掌权。

丈夫：

　　　　我要警惕，

波塞冬在上，她们会对我撒尿！[1]

斯"，即反复听过多次的说法。据说这句谚语始于科林斯与麦加拉的一次论辩，科林斯使者反复提及麦加拉人对宙斯之子科林托斯不敬。

1　丈夫担心女人会报复男人。

为了证明雅典法律朝令夕改，丈夫例举了三个法令。他认为，新法也一定会出尔反尔，不可信任。其实，他不仅不相信新法，也不相信旧法，他甚至怀疑一切法律，因为他压根就不相信制定法律的人。克瑞墨斯明白他的意思，但他立即否认说，以前制定法律的都是男人，新法值得信任，因为新法的制定者是女人。

克瑞墨斯为何笃信女人比男人更可信，可能源自两处：一是他参加公民大会时，在会场听到了对女性德性的赞美；

克瑞墨斯：

不知道你胡说八道什么！孩子，拿根扁担来！

共赴公餐

（女传令官身穿节日盛装，上）

传令官：

所有公民们！现在是这样：

835　你们赶快到女将军那里去，

让她给你们抽签，

机运会告诉你们每个人该去哪儿吃饭。

桌子上堆着

所有的美味佳肴，都准备好了；

840　铺着羊毛袄和毯子的床榻也都压结实了；

调酒缸也兑好了酒；卖香膏的女人

也站成了一排。烤鱼正在火上扇着，

二是他听到了普拉克萨戈拉对新政的详细阐释。无论新法执行力度如何，他认可的是新政勾勒的美好愿景：取消贫穷、犯罪和诉讼，实现平等和财富共有的幸福生活。

四 上交私产

烤野兔正在叉上,烤饼正在烤制,

花冠正在编织,

最年轻的女孩正在烹煮一钵钵豌豆羹。　　　　　*845*

斯摩伊俄斯穿着骑士装在她们当中,

正在舔食妇女们的碗盘。

革隆也来了,穿着一件羊毛大氅和一双

轻便拖鞋,与另一个小伙子谈笑风生,

小伙早就扔掉了毡鞋、丢了磨坏的斗篷。　　　　*850*

你们去吧!端着大麦粑的人

已经站好了,你们就张大嘴巴吧![1]

(女传令官下)

丈夫:

我也一定要去!我为什么还站在

---

1 "卖香膏的女人也站成了一排",不是为了卖香膏,因为现在不需要买卖了,而是说这群妇女已经做好了准备,可以免费提供服务;"斯摩伊俄斯",是一个色鬼;"革隆",发音与"老年人"这个单词相同,讽刺他一大把年纪还打扮一番,与年轻人争风吃醋。

这儿,既然这是城邦的决议?

克瑞墨斯:

855　你要去哪儿?你不是还没上交财产吗?

丈夫:

去吃饭呀。

克瑞墨斯:

当然不行!要是妇女们有理智,除非你先交财产。

丈夫:

我会交的。

克瑞墨斯:

什么时候?

丈夫:

朋友!我那些财产不会成为障碍。

克瑞墨斯:

什么意思?

丈夫:

我认为其他人会比我交得更晚。

四 上交私产

克瑞墨斯：

你还是想去吃饭？

丈夫：

    我会遇到什么事？   *860*

帮助城邦是

明智者的义务。

克瑞墨斯：

    如果她们阻止你，怎么办？

丈夫：

我就低着头顶进去。

克瑞墨斯：

    如果她们抽你，怎么办？

丈夫：

我就让法庭传讯她们。

克瑞墨斯：

    如果她们取笑你，怎么办？

丈夫：

我就站到门口……   *865*

克瑞墨斯:

做什么?告诉我!

丈夫:

从上菜的人手里夺过食物![1]

克瑞墨斯:

那你跟在我后面走吧!西孔!

帕耳墨诺斯!把所有家什抬起来![2]

丈夫:

且让我来帮你!

———————

1 丈夫听到女传令官的招呼,便立即响应,要去吃公餐。克瑞墨斯提醒他,上交财产后才能享用公餐。丈夫说他不是不上交,而是会推迟交,因为其他人也会这样做。克瑞墨斯担心丈夫会被人阻止,但丈夫说他有计可施——耍无赖。克瑞墨斯最终同意带他一块去,这不由使我们怀疑,新法的实施缺乏监督。新的政策颁布了,却没有相应的惩罚机制,新法的有效性何在?

2 "西孔"和"帕耳墨诺斯"是两个小厮的名字。

四　上交私产

克瑞墨斯：

（把他推开）

      不用！

我担心把这些东西放在女将军面前时，　　　　　*870*

你会把这些财产说成是你的。

（两个仆人抬起家什，随克瑞墨斯下）

丈夫：

宙斯在上，我得想个办法，

既可以保有我的财产，

又可以分享已经做好的公餐。

（想了一会）

我想到了一个！必须去　　　　　　　　　　　　*875*

同一个地方吃饭，不用担心！

（跑下）

五　争夺性爱

［题解］雅典街上，两个窗户隔街相望。老妇甲从窗口探出身子，焦急地等待少年郎，女青年则从她对面的窗口探出身子，以防老妇抢走她的心上人。两人以唱歌的方式互骂。老妇甲攻击少女缺乏性爱技巧，水性杨花，不如老妇成熟情深。女青年则回应，少女的青春胜于老年的死亡。老妇甲诅咒少女得不到性爱，女青年则诅咒老妇早日归天。两人骂得不可开交，男青年上场（第877-937行）。

男青年抱怨新法的强制性，让他失去了自由选择对象的权利。老妇甲却认为新法是民主的体现，因为新法让她平等地享受到性爱。男青年喝了酒，欲火中烧，想去寻找意中人。两人唱起情歌，互诉衷肠，祈求爱神出面帮助，以解相思之苦。男青年敲着情人的房门，老妇甲却抢先跑出

五 争夺性爱

来,要强行带他进屋。男青年不从,老妇甲便拿出卷宗宣读法律。按照规定,老妇可依法强制迫其就范。男青年无法反驳,也无法逃脱。此时,女青年冲出房门,试图阻止,提醒老妇强施此法可能导致乱伦,欲夺走男青年(第938-1048行)。

此时,老妇乙跑出来,要强行带走男青年。她比老妇甲更老更丑,觉得自己更有优先权。老妇乙与男青年僵持不下,老妇丙又跑了出来,比老妇乙还老还丑。按照法律,老妇丙认为自己才最有资格带走男青年,便与老妇乙在舞台上撕扯起来,老妇丙最终获胜,男青年哀嚎着与老妇丙离开(第1049-1111行)。

普拉克萨戈拉的女仆最后上场,她已经享用过公餐,喝得微醺,来找男主人布勒皮洛斯去赴宴。女仆还邀请喜欢这出戏的观众和裁判一同前往。歌队一边催促布勒皮洛斯快点行动,一边代表诗人给本剧拉票,想得到裁判的支持。大家一起跳舞退场(第1112-1183行)。

第 五 场

(雅典街上,两栋住宅隔街相望)

老妇甲与女青年

老妇甲:

(从窗口探出身子)

为什么男人们还不来?时间早就到了!

我涂脂抹粉,穿着紫裙,

站在这儿,无所事事!

880　给自己哼哼小调,

摇摇晃晃,为了俘获某个过往的男人!

缪斯们啊,请降临我的唇上,

教给我一支伊奥尼亚小曲。[1]

---

1 "紫裙",从番红花中提炼的颜色染制的紫色裙子,妇女只在节日中穿这种裙子;"伊奥尼亚小曲"奢侈而淫荡。

五　争夺性爱

女青年：

（从对面窗口探身子）

老东西！你现在探出身子抢在我前头，

是想趁我不在家，　　　　　　　　　　　　　885

偷走我的葡萄，还是想唱着歌扑向某个男人。

我也要这样做，我也要唱歌！

即使这会让观众们厌烦，

但它仍旧令人愉快、搞笑。

老妇甲：

（向女青年）

老妇甲的出场非常搞笑，既然法律已经规定她会比少女优先享用美男，为何还要把自己打扮得花枝招展？她不仅想用外表来勾引男人，还想用歌声来俘获男人。老妇甲的出场表明，她很清楚自己身体上的弱势。法律不可能恢复她的青春，因而不可能让她像少女一样"可欲"。她在后面的唱词力证自己在智慧和性事方面的优势，也是希望能够弥补自己的短处，她太明白，法律再怎么平等，都无法让她平等地享有少女一样被爱的权利。

890 　　你跟它一旁"交谈"去吧![1]

　　（向吹笛女）

　　亲爱的吹笛姑娘，拿起你的笛子，

　　吹一支配得上我和你的曲子。

　　（唱）

　　如果你想享受欢愉，

　　就得与我共眠。

895 　　年轻姑娘不懂爱的技巧，

　　成熟女人才知晓：

　　没人会比我更愿意

　　爱慕她的男友，

　　年轻姑娘飘忽不定！

女青年：

　　（唱）

900 　　你不要妒忌年轻姑娘们![2]

―――――――

1　老妇扔给女青年一个皮制的"阳具"。

2　少女并不承认老妇所列举的优势，在她眼里，与青春相伴的就是美和活力，与老年相伴的就是丑和死

五 争夺性爱

淫荡从她们

柔嫩的股间长出,

开在她们的胸脯上!可你,老太婆,

拔了眉毛涂了粉,

也只是死亡爱慕的对象! 905

老妇甲:

(激烈地唱)

但愿你的洞洞脱垂!

但愿你想做爱

却找不到床榻!

但愿你想交欢却在床榻上找到一条蛇,

亡,这种天然的不平等无法用任何理由抹平,而这种不平等所引发的妒忌也不会因为法律的规定而消失。法律若强行平均性爱,那也只是掩盖了这种不平等和妒忌而已。法律的平等,根本不能降低青春和美,只会羞辱青春和美,剩下的只是保护了妒忌而已。因此,法律不是平等的法律,而是妒忌的法律。

910　　然后拉向……![1]

女青年：

（温柔地唱）

哎呀呀！我到底遇到什么事儿啦？

一个伴侣都没来！

母亲去别处了，

留我独自在家，但也不必对此再说什么。

（对保姆）

915　　奶娘啊，求你去把

俄耳塔戈拉叫来![2]

你自己也会得到享受。求你了！

老妇甲：

（激动地唱）

你这是想用伊奥尼亚的

1　老妇没有办法反驳女孩，她只好诅咒，她也无法诅咒女孩失去青春和美貌，她对这种天然的不平等毫无办法，她只能诅咒她性爱得不到满足。

2　"俄耳塔戈拉"，原文词头是"直立"的意思。

五　争夺性爱

野蛮方式来摩擦！

我看你也想用女同恋的首字母Λ来摩擦！　　　　　920

女青年：

（激动地唱）

你偷不走，

我的欢愉，

我的大好时光你毁不掉、夺不走！[1]

老妇甲：

（白）

你想唱就唱吧！像只黄鼠狼一样探头探脑！

在进我的屋子前，没人会去你那里！　　　　　925

1　无论老妇如何诅咒，少女都异常坚定自己的优势，因为年轻人与老年人根本不可能平等地竞争，也用不着竞争。少女很明白，她身体的优势是绝对的优势，因而她与老妇之间并不存在真正的竞争，老妇的诅咒对她来说构不成伤害。但是，正是因为法律的缘故，使得她们之间产生了摩擦，少女的话暗示，普拉克萨戈拉的新法并非良法，它破坏了原有的自然选择，徒增矛盾。

女青年：

（白）

定是去你那儿出殡！这词儿新鲜吧？老东西！

老妇甲：

当然不新鲜！

对老娘来说，什么词儿会新鲜？

让你苦恼的不是我的年纪！

女青年：

那是什么？

难道是你涂的脂抹的粉？

老妇甲：

930　你为什么要跟我说话？

女青年：

你为什么要探出身偷看？

老妇甲：

我

给自己唱，唱我亲爱的厄庇格涅斯！

五　争夺性爱

女青年：

除了革瑞斯，你还有别的男友吗？[1]

老妇甲：

他会出现在你面前的！我马上就可以证明。

瞧，他来了！

女青年：

　　　　　　不！老不死的，

他根本就不需要你！

老妇甲：

　　　　　　　　不！宙斯在上，你这干瘪　　935

的女孩！

女青年：

他马上就会证明！我先走开。

老妇甲：

我也走开，你会知道我比你明智得多！

1　"厄庇格涅斯"，原文指"后生长"，可理解为"小年轻"；"革瑞斯"，一个又秃又穷的老男人。

老妇甲与男青年

（一个男青年头戴花冠，手持火把上场）

男青年：

（唱）

要是不先与一个塌鼻子女人

或一个老女人睡觉，

940　我就不可能睡在我的姑娘身旁。

对一个自由人来说，这简直不可容忍！

老妇甲：

（唱）

宙斯在上，你要是与她做爱就要哀嚎！

这绝不是卡里克塞涅时代！

如果我们有民主政体，

945　遵循法律做此等事就合法！[1]

---

1 "卡里克塞涅时代"，过去的旧时代。

男青年与老妇甲就"自由"与法律的关系表达了自己的看法。按照新法，男青年必须先满足老女人和丑女人，这无疑剥夺了他选择女性的自由，但老妇甲却认为

五　争夺性爱

（白）

我走开看看他到底要做什么。

男青年：

神啊，请让我独自得到我的美人，

我就去，因为喝了酒，欲火中烧！

女青年：

（重新从窗口探出身子）

我骗过了那个可恶的老太婆。

她走开了，以为我还留在屋里，950

但这个小伙就是我们提到的那个人。

（唱）

来吧，来吧！

吾爱，到我这里来！

来与我共度春宵。

新法维护了她平等享有优势资源的权利。其实，新法为了追求绝对平等，牺牲了年轻人的利益，实际上是用平等替换了自由，而平等背后并不平等，新法在一定程度上等同于的强制，参第1015–1020行。

955　　你那一头卷发，

　　　让爱把我激荡。

　　　相思对我紧追不放，

　　　渴慕让我精疲力竭！

959a　爱神啊，求求你，放了我！

959b　求你把他送到我的床边！

男青年：

　　（站在姑娘窗下唱）

960　　来吧，来吧！

　　　快快下来为我把门开！

　　　你若不开，我就将倒地而亡！

　　　吾爱，我渴望

　　　在你的酥胸

965　　和股间把玩。

　　　库普里斯啊，你为何让我为她疯狂？

　　　爱神啊，求求你，放了我！

　　　求你把她送到我的床边！[1]

1　"库普里斯"，阿芙洛狄忒在诗里的称谓。

五　争夺性爱

（白）

言辞不足以表达我的饥渴！

亲爱的，求求你，快快为我把门开！　　　　　　970

快快迎接我！

我因你而受苦！

我可爱的黄金装饰的库普里斯之子，　　　　　　973a

你是缪斯的小蜜蜂，美惠女神的宠儿，　　　　　973b

你一副放荡的面孔，快快为我把门开！　　　　　974a

快快迎接我！　　　　　　　　　　　　　　　　974b

我因你而受苦！[1]　　　　　　　　　　　　　　975

（敲门）

老妇甲：

（从自家门口跑出）

你为何敲门？难道不是找我？

男青年：

　　　　　　　　　　怎么会？

1　女孩和男孩想偷偷见面，试图逃离法律的规定，以此表示对新法的反抗。

老妇甲：

可你在捶我的门。

男青年：

我若捶了，就让我死！

老妇甲：

那你拿着火把来这里找什么？

男青年：

找一个阿那佛吕斯提亚镇来的人。[1]

老妇甲：

谁？

男青年：

980　不是塞比诺斯，不是你正盼望的那一个！[2]

老妇甲：

（抓住男青年的手）

1　"阿那佛吕斯提亚镇"，在阿提卡海岸西北边，原文词头含有"竖起来、直立"之意。

2　"塞比诺斯"，把这个名字拆开，可理解为"睡你"之意，骂人的话。

五 争夺性爱

阿芙洛狄忒在上,不管你愿不愿意……

男青年:

(推开老妇甲)

我们目前不接收超过六十年的案子,

我们将其延后了。

我们正在判决二十年以内的。

老妇甲:

那是之前的制度,小甜甜!   985

现在是这样:你得先接收我们的案子。

男青年:

按照下跳棋的规则,得凭意愿。[1]

老妇甲:

按照下跳棋的规则就没有饭吃!

男青年:

我不知道你在说什么。我敲的是这扇门![2]

---

1 下跳棋的时候可以走也可以留。

2 老妇甲提醒男青年,如果不执行法律,就没有饭吃。也就是说,法律要让男青年的爱欲做出妥协,否

老妇甲：

990　　你得先敲我的门。

男青年：

但我们现在不是要借面粉筛![1]

老妇甲：

我知道你爱我，你很惊奇，

发现我在门外。不过，过来亲个嘴吧！

（搂住青年）

男青年：

（拉开老妇甲）

亲爱的，我害怕你的情人。

老妇甲：

谁？

男青年：

995　　那个最好的画师。

则就让他非爱欲方面的欲望受到惩罚。男青年认为这是两回事，法律的规定莫名其妙。

1　敲门借东西。

五　争夺性爱

老妇甲：

　　　　　　此人是谁？

男青年：

那个为死人画瓶子的人。

你走吧，别让他看见你在门口。

老妇甲：

我知道你在渴望什么。

男青年：

　　　　　　宙斯在上，我也知道。

老妇甲：

阿芙洛狄忒在上，你抽签抽中了我，

我决不会放你走！

男青年：

　　　　　　你疯了，老太婆！　　　　*1000*

老妇甲：

胡说！我要把你拖进我的被窝！

男青年：

我们到底给水罐买钩子干什么？

能把这老太婆放到井里，

把水罐抓起来吗?

老妇甲:

1005 别挖苦我,亲爱的,跟我来吧!

男青年:

你不能强迫我!除非你把我

五百分之一的税交给城邦![1]

老妇甲:

阿芙洛狄忒在上,我就是要强迫你。

我乐于同你这样的小伙子们睡觉!

男青年:

1010 同你这样的老婆子睡觉,我很压抑。

我决不从你!

老妇甲:

     但是,宙斯在上,

这件东西会强迫你!

(掏出一纸卷宗)

---

1 千分之二的税率,其实很低,一般买一个奴隶就付这么多税,男青年是说他不是她的奴隶。

五　争夺性爱

男青年：

    这是什么？

老妇甲：

 法令！它规定你必须去我家。

男青年：

 你念念上面是什么！

老妇甲：

    我给你念念：

"妇女们决议：若一个年轻男子渴慕   1015
一个年轻女子，在他与老妇交合之前，
不得与年轻女子做爱！若其不愿
先与老妇交合，而是渴慕年轻女子，
老妇可抓住他的木桩，
强行拖其入房，免受惩罚！"[1]   1020

1　与普拉克萨戈拉宣布"妇女共有"的法令相比，老妇甲的这条法令补充了强制执行的内容。女性当政的结果真的应验了布勒皮洛斯的担心，平等的初衷导致了强制的结果。

男青年：

我真不幸啊！我要变成普洛克儒斯忒啦！[1]

老妇甲：

你得服从我们的法律！

男青年：

要是我的一个同乡或朋友

愿意出钱赎我呢？

老妇甲：

　　　　　没有人拥有

1025　超过一墨狄谟诺斯的钱。[2]

男青年：

发誓有理由也不行吗？[3]

---

1 "普洛克儒斯忒"是神话里的一个歹徒，把客人引进门后，按照床的大小砍掉客人的四肢，后为忒修斯所杀。

2 "一墨狄谟诺斯"，合54公升大麦的钱，即少于参加公民大会领取的三块钱。

3 "发誓有理由"，是指以发誓的方式证明自己有

五　争夺性爱

老妇甲：

　　　　　　　　　没必要拐弯抹角！

男青年：

那我就装成一个商人！[1]

老妇甲：

　　　　　　　　　那你就要痛哭流涕！

男青年：

那我该怎么办？

老妇甲：

　　　　　　　　　跟我来吧！

男青年：

这是强迫吗？

理由不能履行法律规定的义务。这类理由一般有两种：（1）发誓自己对案件过程毫不知情，即可不用出庭作证；（2）发誓自己因病不能承受工作压力，即可不用担任公职。这里明显指第二种情况。

　1　商人的案件由海事法庭审理，谎称商人，他的案子便可撤销。

老妇甲:

> 是的！就是狄奥墨得斯的强迫。[1]

男青年:

1030　　那你先折四根葡萄藤放在下面，

再撒上一层牛至，

系上发带，把小油瓶放在旁边，

再在门口放一个装了水的陶罐！[2]

老妇甲:

真的！你还会给我买个花冠！[3]

1　狄奥墨得斯强迫路人与其女儿们睡觉，不服从就得死。

2　"放在下面"，指用葡萄藤做成停尸架，人死后放在上面；"牛至"，装饰停尸架或棺材用的一种草药，芳香，可炼香油；"发带"，死者和新娘都可以戴；"小油瓶"，也可以装香膏；"陶罐"，死人门前放一罐水，可供吊唁者离开时洗一洗。男青年是在诅咒老太婆去死。

3　"花冠"，新娘戴鲜花做的，死人戴蜂蜡做的，老妇在此把自己当作了新娘。

五　争夺性爱

男青年：

> 宙斯在上，千真万确！是蜂蜡花冠！　　　　1035
>
> 我料定你在家的那一刻就会碎裂而亡！[1]

女青年：

> （从对面住宅冲出来）
>
> 你把他拖哪儿去？

老妇甲：

> 　　　　　　　　领家去呀，他是我的！

女青年：

> 你脑子不清醒！他这样的小伙子不适合
>
> 同你这把年纪的人睡觉。[2]
>
> 你更适合当他的母亲而非妻子。　　　　　1040

1　诅咒老妇死在床上。

2　女青年喊出了新政实施的最大困难——新法将导致乱伦。按照"子女共有"的法令，所有年轻人都可能是老年人的孩子，但按照法律的"优先原则"，男女青年必须无条件满足老年人，两条法令交织在一起，倒让乱伦具有了法律的正当性。

你要是制定这样的法律,

这片国土将到处都是俄狄浦斯。

(拉男青年回家)

老妇甲:

可恶的人!你嫉妒我才找这话说!

我会报复你的!

(回屋)

男青年:

(向女青年)

1045 守护神宙斯在上,小甜甜,你让我

摆脱那个老太婆令我心欢喜,

入夜后我将以

"粗壮"的感激来回报你的恩情。

(二人欲往女青年家)

老妇乙与男青年

(老妇乙上,比老妇甲更老更丑)

老妇乙:

(向老妇甲)

五　争夺性爱

喂！你违反法律，

拖他去哪儿？按照文件的说法，　　　　　　*1050*

他应当先同我睡觉！[1]

男青年：

　　　　　　我真可悲啊！

你这该死的丑八怪，从哪里钻出来的？

这个长得比刚才那个更恐怖！

1　老妇乙的出场很奇怪。少女已经用"乱伦"成功斥退了老妇甲，欲带男青年回家，老妇乙冲出来不是阻挡少女，而是质问老妇甲，且扬言她依据的是新法。无论是普拉克萨戈拉还是老妇甲，她们宣读的法令中，从未有细则对年老者和丑陋者之间的优先权做进一步规定，老妇乙却自认为：更老更丑者优先。为什么她能这样理解新法？因为她深知新法的平等原则，普拉克萨戈拉让年老者和丑陋者与年轻者和美貌者平等，也就是给了年老者和丑陋者更高的特权，那最老者和最丑者自然应该享有最高的特权，这就导致了老妇乙的出现，甚至还会有无数个更老更丑者出现。

老妇乙：

到我这儿来！

（抓住男青年的手）

男青年：

（向女青年）

别不管我！

求你别让她把我拖走！

老妇乙：

不是我，

是法律要把你拖走。

男青年：

不是法律，而是一个全身

长着脓包、吸人精血的厄谟浦萨要拖走我！[1]

老妇乙：

跟我来吧，小软蛋！加快脚步，别废话！

男青年：

你让我先去趟茅房，

---

[1] "厄谟浦萨"，是个女妖，吸血怪。

五　争夺性爱

给自己壮壮胆，如若不然，　　　　　　　　　　　1060

我会在那个时刻做出黄色景象的事情，

因为恐惧！[1]

老妇乙：

　　　　　　鼓起勇气！走吧，你可以去我家厕！

男青年：

我恐惧远甚于我欲求。

我派两个担保人给你，

能够胜任的。

老妇乙：

　　　　　　你派不了给我。

老妇丙与男青年

（老妇丙上，比老妇甲和老妇乙更丑）

老妇丙：

（向男青年）

　　　　　　　　你去哪儿？　　　　　　1065

1　男青年担心自己因恐惧为吓得拉出屎来。

你要和她去哪儿？

男青年：

（背对老妇丙）

      不是我要去，而是她拖我去！

但不管你是谁，愿神多多赐福予你，

别看着我受折磨！（回过头）赫拉克勒斯啊！

潘神！科律班忒斯！狄奥斯科洛兄弟啊！[1]

1070 这一个长得比刚才那个恐怖得多！

我到底遇到了什么事？

你究竟是一只涂满了粉的猴子，

还是从死人堆里爬出来的老太婆？

老妇丙：

别挖苦我！跟我来吧！

（拽他）

老妇乙：

（把男青年往自己身边拽）

---

 1 男青年回过头看到妇女丙的样子，赶紧呼唤这些神来保佑他，他快被老妇丙吓疯了。

五　争夺性爱

　　　　　来我这儿！

老妇丙:

　　我决不会放你走！

老妇乙:

　　　　　我也不会！　　　　　　　　　　　　　1075

（二人争夺男青年）

男青年:

　　我会被撕成两半的！你们两个该死的丑八怪！

老妇乙:

　　按照法律，你应该跟从的是我！

老妇丙:

　　如果出现了一个更丑的老太婆，就不是你！

男青年:

　　我若是先被你俩残杀了，

　　还怎么去找我的美人啊？　　　　　　　　　1080

老妇丙:

　　这是你考虑的事儿！你必须做这个！

男青年:

　　我先压倒哪一个才能脱身？

老妇乙：

　　你不知道？到这里来！

男青年：

　　　　　　　　　那就让她放开我！

老妇丙：

　　到我这里来！

男青年：

　　　　　　　但愿她会放开我！

老妇乙：

1085　　不！宙斯在上，我不会放你走！

老妇丙：

　　　　　　　　　　我也不会！

男青年：

　　你们成了难以对付的摆渡人！

老妇乙：

　　　　　　　　　　什么？

男青年：

　　你俩这样拖，会把乘船的人弄得精疲力尽！

五　争夺性爱

老妇乙：

　　闭嘴！来我这儿！

老妇丙：

　　　　　　　不！宙斯在上，来我这儿！

男青年：

　　这显然是卡农法令的一个案例！

　　我得把自己切开才能与你们做爱，　　　　　　1090

　　我怎么能同时划两支桨呢？[1]

老妇乙：

　　太棒了！那你就吃一罐球茎！[2]

男青年：

　　我真倒霉啊！她们已经把我

1　"卡农法令"，卡农提议，凡被控"伤害雅典人"罪名的人，必须关押至接受审判。审判要当众举行，双手被缚，左右两边各站一名守卫，罪名一旦成立就得立即执行死刑。"划两支桨"，男青年的意思是他不能同时满足两人，否则就犯了"伤害罪"。

2　"球茎"是壮阳之物。

拖到门口了!

老妇乙:

(对老妇丙)

这对你一点用都没有!

1095 我要和你一起冲进去!

男青年:

不要当着诸神的面!

承受一件恶事比承受两件强!

老妇丙:

赫卡忒在上,不管你愿不愿意。

男青年:

倒了三辈子霉啊!我得从早到晚

与这老妇人做爱。

1100 我摆脱了这个,还得应付那个

两颊深陷地像长颈瓶的癞蛤蟆!

我真这么倒霉吗?守护神宙斯在上,

我是个恶魔附身的不幸之人,

我将与这样的野兽结合!

1105 与这两个娼妇驶入港口,

五　争夺性爱

要是我遭难不测，

请把我安葬在港口的入口处；

把这老妇活生生涂满沥青，

绕着她的脚踝浇一圈熔化的铅，

再把她插到我的坟头，　　　　　　　　　　　*1110*

让她代替油瓶闪闪发光！[1]

（两老妇拽男青年下）

---

1 "港口"，老妇丙家；"入口处"，老妇丙的家门口。

退　场

女仆：

人民真幸福！我真幸运！

但我的女主人最幸福！[1]

1　女仆说新政实施后，所与人都得到了幸福。按照普拉克萨戈拉之前颁布的法令，也就是共享财富、妻子和子女后实现了食色性的平等快乐。

但是，根据克瑞墨斯与丈夫的争论，我们可以猜测，很多人依然没有上交私产，也就很难实现平均财富的幸福；与此同时，奴隶承担了所有农耕和准备饭食的辛苦劳作，倘若女仆也是奴隶之一，那她所谓的幸福也要大打折扣，新政不仅没有改变她的社会身份，还加重了她的工作，甚至也剥夺了她与情人享受欢爱的机会，她的幸福从何说起？此外，如果老一辈人同是所有年轻人的父亲，父子之间仍然会为了谁先享用年轻女孩而发生争执，共子的幸福未必会其乐融融。

五　争夺性爱

（向歌队）

你们，站在我们家门口，也幸福！

（向观众）

所有的邻居和同胞们，大家都幸福！　　　　1115

还有我，也幸福！我一个女仆，

女仆还说，普拉克萨戈拉是最幸福的女人，为什么？在她颁布了新政之后，便在剧中彻底消失，我们猜想，最让她幸福的事情一定是指她得到了新政最大的好处。然而，倘若她只是城邦里的一名普通妇女，一切财富共有，妇女共有，孩子共有之后，她必须履行平均性权的义务，即她也得无条件满足老男人的需求，那她的幸福又从何来？因为新政的结局显然是年轻的一代，尤其是俊男靓女受到了最大的戕害。我们只好试想，她的幸福应该来自于她独特的政治身份。作为女将军，城邦唯一的领袖，只要她的丈夫说她已经满足了老男人的需求，那么她就可以合法地与情人幽会，没有别的老年人敢轻易冒犯她，她不用再与别的老男人和臭男人周旋，可以自由地享受欢爱。因此，她比所有的雅典妇女都幸福。

也在头上抹了精致的香膏！
　　　宙斯啊，比这一切芳香得多的
　　　是萨索斯的瓶瓶罐罐！[1]
1120　此酒的香气会在脑子里萦绕很长一段时间，
　　　其他酒的香气却昙花一现，飞去无影！
　　　诸神啊，这就是最好的酒，最好的酒！
　　　你若选择最香的酒，把这纯酒兑一兑，
　　　它定会让你畅快通宵达旦！

　　　（向歌队）

1125　姐妹们，请告诉我，我的男主人，
　　　我女主人的丈夫，在哪里？

歌队长：

　　　与我们在这儿一起等，你定会发现他。

女仆：

　　　的确！他在这儿，正要去赴宴。

　　　（向布勒皮洛斯）

　　　主人啊，你真幸福！真是三生有幸！

1　大家都称赞萨索斯的酒颜色深、香甜无比。

五　争夺性爱

布勒皮洛斯：

　　我？

女仆：

　　　　宙斯在上，当然是你！没有别人！　　　　1130

　　谁会比你更幸福？

　　在三万多公民中，

　　只有你还没去赴宴。[1]

歌队长：

　　你说他是个幸运的人，确确实实！

女仆：

　　（向布勒皮洛斯）

　　去哪儿？你要去哪儿？　　　　　　　　　　1135

1　这是第一次公餐，布勒皮洛斯还没有参加，他还有机会期待，免费享用美食的愉悦让整个城邦为之振奋。

　　女仆称布勒皮洛斯为男主人，可见，新政并没有取消婚姻制度，夫妻关系依然存在，改变的只是将偷情合法化而已。与普拉克萨戈拉一样，布勒皮洛斯也被称为幸运之人，因为他是城邦领导人的丈夫。

布勒皮洛斯:

去赴宴。

女仆:

阿芙洛狄忒在上,你比所有人都晚了!

你妻子吩咐我,把你同这些姑娘一同带去。

那里还剩下一些开俄斯酒

1140 和其它美味!大家别拖延!

观众中碰巧心肠好的,

裁判中看得目不转睛的,

都跟我们一起走吧!我们会献出一切![1]

布勒皮洛斯:

那你就尊敬地问问所有人,

1145 别漏掉一个!自由地

招呼老人、青年和小孩,

餐宴是为他们每个人准备的,

---

1 "开俄斯",爱琴海东南部的一个大岛,盛产美酒和大理石;"裁判中看得目不转睛的",女仆是在代表诗人邀请喜欢这个剧本的观众和裁判一同去赴宴。

五　争夺性爱

他们就像回家就行。

我也该退下去赴宴了,

幸好带了这个火把!　　　　　　　　　　　　　　　*1150*

歌队长:

(向布勒皮洛斯)

你还在磨蹭什么?还不把

这些姑娘带走?在你们下山的路上,

我会唱一支迎宴之歌。[1]

(向观众)

但是,我想先对裁判们提几个小小的建议:

爱智慧的人选择我吧,请记得我的智慧;　　　　　*1155*

爱搞笑的人选择我吧,请考虑我的搞笑;

我显然是在恳求你们所有人选择我。

不要质疑我们不该如此分配,

我是抽签排在了第一。把这一切铭记在心,

别发假誓,总是公正地去选择歌队。　　　　　　　*1160*

---

1 "下山",剧场高于市场。

别像那见异思迁的女人，永远只记得新人！[1]

（向歌队）

喂，喂，时候到了！

亲爱的姐妹们，如果我们还想去干那事——

溜去吃饭！让我的双脚跳起克里特舞吧！[2]

（向布勒皮洛斯）

1165　你也跳吧！

布勒皮洛斯：

我正在跳！

歌队长：

（向歌队）

1　"建议"，歌队长是代表诗人拉票；"选择我"，即让观众投票给他；"排在了第一"，谐剧表演的顺序由抽签决定，抽到第一未必就能获得头奖，抽到最后的却能给人深刻印象。歌队长是在替诗人担心，此剧的表演顺序不利于最后得奖。

2　"克里特舞"，从荷马时代开始，克里特就以舞者闻名。

五　争夺性爱

这些姑娘

轻盈的腿步也合上了节拍!

美味佳肴很快就上了桌:

咸鱼块、鲈鱼头、　　　　　　　　　　　　　　1170

加了大料和淡盐的海鱼、

斑鸠、黑鸟、野鸽、

烤蹼鸡、野兔肉、

煮开的酒、甜点。[1]

(向布勒皮洛斯)

你听完这些　　　　　　　　　　　　　　　　1175

就去拿个盘子,越快越好!

---

1 "煮开的酒",未发酵的葡萄酒;"甜点",这几行是诗人为了押韵生造的词汇,译名皆根据部分词根做的猜测。

其实,诗人生造词汇,也不只是为了韵律,它透露出另一个信息,即桌上原本就没有食物,是诗人生编乱造的,不可能有那么多山珍海味,所有美食都在诗人的想象当中。这些词越夸张,表明新政的实施越困难。

布勒皮洛斯：

我这就去端一碗粥,

风尘仆仆地,好吃第二餐。[1]

歌队：

但他们正在那儿狼吞虎咽!

1180 　抬起脚来,咿啊!唔啊!

去赴宴呀,唔啊!唔啊!

唔啊!庆祝我们得了胜呀!

唔啊!唔啊!唔啊!唔啊!

（演员与歌队退下舞台）

1　布勒皮洛斯最后一个去,估计已经所剩无几。

图书在版编目（CIP）数据

公民大会妇女/(古希腊)阿里斯托芬(Aristophanes)著;
黄薇薇译.-- 北京：华夏出版社有限公司, 2022.10
（阿里斯托芬全集）
ISBN 978-7-5222-0355-3

I. ①公… II. ①阿… ②黄… III. ①喜剧－剧本－古希腊 IV. ①I545.32

中国版本图书馆 CIP 数据核字(2022)第 110487 号

公民大会妇女

作　　者	[古希腊]阿里斯托芬
译　　者	黄薇薇
责任编辑	郑芊蕙
美术编辑	殷丽云
责任印制	刘洋
出版发行	华夏出版社有限公司
经　　销	新华书店
印　　装	北京汇林印务有限公司
版　　次	2022 年 10 月北京第 1 版 2022 年 10 月北京第 1 次印刷
开　　本	787×1092　1/32
印　　张	6.375
字　　数	55 千字
定　　价	48.00 元

华夏出版社有限公司
地址：北京市东直门外香河园北里 4 号　　邮编：100028
网址：www.hxph.com.cn　　　　　　　　电话：(010)64663331(转)
若发现本版图书有印装质量问题，请与我社营销中心联系调换。